BRAUNE EBBE, ROTE FLUT

AF191640

Georg Lalyko

BRAUNE EBBE, ROTE FLUT

Den tapferen Müttern und

Trümmerfrauen

Kurzgeschichten

Herstellung: Libri Books on Demand

Erlebnisse aus unserer Kindheit bleiben lange in uns gespeichert. Sie können unerwartet durch Bilder, Töne oder Gerüche wiederaufleben. An das Ende des II. Weltkriegs erinnere ich mich aber ständig, und die Bilder lassen mich nicht los.

In dem schicksalhaften Jahr 1945 habe ich als elfjähriger Bub mehr erlebt als in den nächsten zehn Jahren zusammen. Sehr vielen Kindern erging es nicht anders. In manchen Erzählungen verbirgt sich so etwas wie triviale Komik. Als Kriegskind habe ich allerdings nichts davon komisch, sondern alles tragisch empfunden. Zum Umdenken habe ich Jahre gebraucht, letztlich hat mir die christliche Lehre aus dem Irrgarten herausgeholfen.

Wenn ich heute an das Kriegsende denke, frage ich mich: War das Ende des „glorreichen III. Reiches" nur das Ende eines entsetzlichen Irrtums oder der Beginn eines geistigen Werteverfalls oder beides? Manche unselige Epoche hat uns wie eine Flut überschwemmt.

Meine Kurzgeschichten mögen aufzeigen, was eine Flut hinterläßt, wenn die Ebbe eintritt; denn jede Flut hinterläßt auch Unrat – in diesem Fall geistigen Unrat. Verhaltensmuster bleiben latent angelegt. Unserer Gesellschaft fällt es schwer, radikale Verhaltensmuster umfassend zu korrigieren. Sie darf aber um ihrer selbst willen in ihrem Bemühen nicht nachlassen.

Der Autor

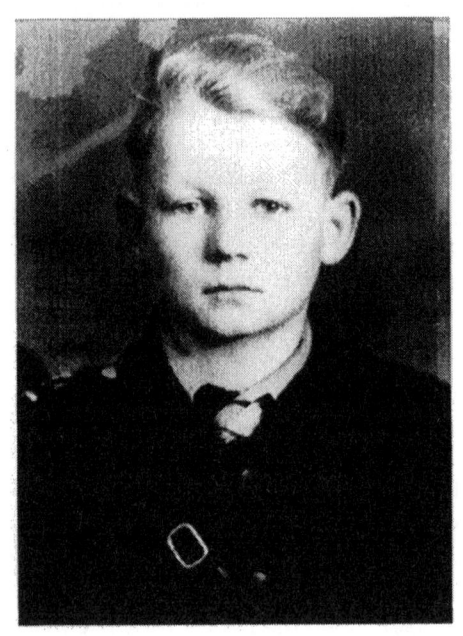

Der Autor im Alter von elf Jahren

Der Anlaß

Blumen, Kerzen, Kränze, die Kapelle voller Menschen. Ein junger Pastor erwähnt Stationen im Leben der Verstorbenen. Er wirkt gleichgültig, und ich kann es ihm auch nicht verdenken. Er ist zu jung, um die siebenundachtzigjährige Tote richtig zu würdigen.

Die, die dort liegt, ist eine jener großartigen Frauen der Kriegsgeneration, die damals ohne Beistand ihrer Ehemänner die Last für ihre Familien getragen haben und das Fortleben der nachfolgenden Generation gesichert haben.

Die, die dort liegt, ist unsere Mutter, Großmutter, Urgroßmutter – eine starke Frau, eine „Mutter Courage".

Die, die dort liegt, ist eine jener legendären Kriegsmütter, die man Trümmerfrauen nannte.

Das waren Frauen, die mit ihren Kindern gegen Verfolgung, Hunger und Kälte ums Überlegen kämpften. Nachts suchten sie Schutz in den Bombenkellern; tagsüber standen sie in der Schlange vor den Brot- und Lebensmittelläden, und zwischendurch knieten sie inmitten der Ruinen und klopften Ziegelsteine ab, um sich und den Kindern ein Dach über dem Kopf zu errichten.

Ich bemühe mich immer wieder, der Predigt zu folgen, aber meine Gedanken schweifen ab. Wie lange ist das her? Fünfzig, genau dreiundfünfzig Jahre...

Vor meinen Augen werden Bilder wach, und mir fallen alte Geschichten ein, die ohne Mutter nicht denkbar wären.

Inhalt

Wo liegt Amerika?

Es ist Anfang April 1945. Seit Januar haben wir in einer sächsischen Kleinstadt ein Flüchtlingszimmer zugewiesen bekommen. Wir wohnen in einem schönen, dreistöckigen Patrizierhaus aus rotem Backstein. Jedes Stockwerk besteht aus einer großen Wohnung, aber in jeder sind jetzt Flüchtlinge einquartiert, so daß wir sechs Partien im Haus sind.

Das Städtchen ist bisher noch heil geblieben; der Bombenhagel ging auf Leipzig und Dresden nieder. Sonderbar, schon seit zwei Tagen kein Fliegeralarm mehr, keine Kondensstreifen am Himmel und heute der erste sonnige, warme Frühlingstag!

Aber schön ist es trotzdem nicht – eine eigenartige, gespenstische Stimmung herrscht in der Stadt, kein Auto auf der Straße, kein Fußgänger unterwegs! Die Hausbewohner sind schweigsam, bringen kein Wort hervor ...

Ich öffne gelangweilt das Fenster und hänge mich über die Fensterbank hinaus. Ob es was zu sehen gibt?

Nichts! Nur Stille, und das am Vormittag! Ein unheimliches Gefühl in meinem Bauch – es wird bestimmt etwas passieren!

Endlich entdecke ich einen Mann, der die Straße heraufgehumpelt kommt, seine Schritte hallen in der Häuserzeile. Er klingelt an jeder Haustür, ruft etwas in den Hausflur und hinkt dann langsam auf unser Haus zu. Als er mich am Fenster sieht, schreit er hinauf: „Hängt die weiße Fahne raus – Bettlaken oder so!"

Er humpelt mit seinem Holzbein zum nächsten Eingang, und ich höre, wie er dort jemandem zuruft: „Die Stadt hat kapituliert!"

Ich begreife und warte nicht ab, renne in die Gemeinschaftsküche, in der drei Frauen gleichzeitig am Herd stehen, und brülle: „Die Amerikaner kommen, die weiße Fahne raus!"

Eine der Frauen stößt aus: „Gebe Gott, daß es wirklich die Amerikaner sind und nicht die Russen!"

In Windeseile kramt eine von ihnen ein weißes Laken hervor, und – ruck, zuck – ist es an der Fahnenstange befestigt, wo noch vor kurzem die Hakenkreuzfahne hing.

Verbittert denke ich: Also jetzt ergeben wir Deutsche uns, kampflos, ohne einen einzigen Schuß! Welch eine Schande! Aber vorher diese Sprüche: *Bis Zum Endsieg! Bis zur letzten Patrone!*

Alles Feiglinge! Ich verkneife mir die Tränen. Werwolf sollte man werden! Schade, daß die mich mit meinen elf Jahren nicht nehmen. Aber diesem Feind hätte ich es schon gezeigt! Nahkampf – bumm, bumm! – Karabiner durchladen, Anschlag, zielen, abdrücken! Ja, das kann ich. Der 98 K setzt sich zusammen aus ... Das habe ich schließlich doch alles beim Jungvolk[1] als Pimpf[2] gelernt. Ich, ja ich würde es ihnen schon zeigen!

Die deutschen Landser sind schon vor Tagen abgezogen. Sie sagten, sie müßten jetzt Berlin verteidigen. Das glaube ich nicht mehr – sie haben nur Schiß vor der Kriegsgefangenschaft! Na ja, das war keine Infanterie, das war Luftwaffe oder Flak – ja Flak! Die Heimatflak hatte es gut!

Mein Zorn ist verflogen, und ich summe genüßlich ein Spottlied vor mich hin:

Kohlrabi, Kohlrabi, meine Mutter kriegt ein Baby, das darf ich nicht verraten, von einem Flaksoldaten!

Neugierig beuge ich mich wieder zum Fenster hinaus, bin gespannt, was sonst noch auf der Straße geschieht.

---

[1] Jungvolk: Unterorganisation der Hitlerjugend
[2] Pimpf: Unterster Dienstgrad

Mein Vater ist auch an der Front, aber wo?

Wir schreiben an eine Feldpost-Nummer – der Einsatzort ist geheim. Der Feind darf das nicht wissen. Drüben hängt ein Plakat. Den Text kann ich lesen: *Psst! Feind hört mit!*

Ich blicke auf den Jacobsplatz – ein Fahnenmeer. Aber nicht schwarz-weiß-rot – was für eine Schmach! Nur weiß, weiß, weiß! Klingt für mich wie *Scheiß, Scheiß, Scheiß!* Was für eine Flaggenparade ...!

Es herrscht totale Stille. Kein Lüftchen rührt sich. Die Sonne fällt durch die Häuserlücken und zeichnet krasse Licht- und Schattenflecken. Gefahr liegt in der Luft – ob sie Artillerie einsetzen?

Ich denke: Jetzt kommen sie bald, diese Amis oder Tommys!

Und tatsächlich, ich sehe Gestalten am Anfang der Jacobsgasse: einen – zwei – drei – vier!

Sie gehen langsam, nicht auf dem Bürgersteig, sondern versetzt auf der Straße: der eine links, der andere rechts. Sie blicken alle nach oben zu den oberen Fenstern, jeweils auf der gegenüberliegenden Seite – die MPi schußbereit auf die Fenster gerichtet.

Sonderbare Soldaten! Wie die angezogen sind! Braune, hohe Schnürschuhe – kein Uniformrock, keine Orden, nur olivfarbener Anorak mit baumelnden Eierhandgranaten, der Helm wie ein Suppentopf, der

Kinnriemen offen – und der Gang! Weich, lauernd, pirschend! Wahrscheinlich tragen sie Stiefel mit Gummisohlen. Man stelle sich vor – Gummisohlen! Unsere Soldaten haben nur beschlagene Knobelbecher und *Brust raus, links, zwo, drei, vier; links!*

Etwas schlapp sehen diese hier aus. Wieso siegen eigentlich die Schlappen über die Starken?

Ich glaube, ich traue meinen Augen nicht, der zweite Ami ist schwarz im Gesicht, Hände auch schwarz.

Mir geht auf: Ein Neger, ein echter Neger! Zum Teufel, wo liegt denn dieses Amerika? Doch noch weit hinter Frankreich. Aber Neger leben doch in Afrika ...!

„Close the window, fucken kid!" brüllt der Schwarze und schreckt mich aus meinen Gedanken auf. Ich rutsche von der Fensterbank und gehe hinter der Brüstung in Deckung. Da packt mich schon meine Mutter, die unbemerkt ins Zimmer gekommen war. Sie zerrt mich weg vom Fenster:

„Verflixter Bengel! Es ist doch befohlen: alle Fenster dicht! Ich habe es dir mehrmals gesagt!"

Ich erhalte eine Ohrfeige, aber ich stammele nur: „Die Amerikaner haben auch Neger."

Stunden später. Die Ruhe auf den Straßen ist vorbei. Jeeps rasen in irrer Fahrt hin und her, Geschrei in einer fremden Sprache. Militärlastwagen mit einem weißen

Stern an der Tür fahren im Konvoi am Haus vorbei.

Und die Hausbewohner sagen öfter: „Na, Gott sei Dank, daß die Amerikaner uns eingenommen haben und nicht die Russen!"

Obwohl kein Schuß fällt und kein Einwohner der Stadt verletzt wird, die Haustüren werden dennoch verriegelt, und unsere Wirtin, Frau Bach, sagt: „Die Ami-Soldaten benehmen sich ja korrekt. Aber Feind bleibt Feind!"

Und ich denke: Kann denn aus einem Feind ein Freund werden?

Der gestiefelte Kater

In unserem Treppenhaus werden neuerdings Informationen und Gerüchte ausgetauscht.

Frau Sowieso: „Hallo, Frau Soundso, haben Sie schon gehört, daß ...?"

Ja, seit den gemeinsamen Nächten im Luftschutzkeller hält die Hausgemeinschaft fest zusammen. Das ist auch richtig. Mein Fähnleinführer sagt: „Einer für alle, alle für einen! Klar?"

„Jawohl!" Hacken zusammen und Hände an die Hosennaht. Was anderes habe ich nicht gelernt.

Ich möchte auf die Straße gehen, zuschauen, da ist was los. Mutter läßt mich aber nicht raus, droht mit Stubenarrest. Aber meine Neugier ist so groß, schrecklich groß.

Am nächsten Morgen erwache ich mit dem brennenden Verlangen, endlich hinaus auf die Straße zu kommen. Was geht da draußen vor?

Ich würge die mit Wasser angerührten Haferflocken hinunter. Der Hunger treibt's rein. Und dann schleiche ich heimlich zum Kellerausgang – über den Hinterhof, an einer Mauer vorbei, an einem Zaun entlang, dann um zwei Ecken, und ich bin auf dem Jacobsplatz.

Eng an die Mauer gedrückt, sehe ich, wie Leute – vermutlich so was wie Kriegsgefangene oder, nein, Zwangsarbeiter – vor einem Schuhgeschäft kreischend und fluchend an die Tür hämmern. Eine bedrohlich große Menge!

Sie wollen hinein, aber der Ladenbesitzer hat die Tür zugesperrt. Plötzlich sehe ich, wie einige von ihnen die Schaufensterscheibe einschlagen und in den kleinen Schuhladen hineindrängen. Ohne sich von den Glasscherben, die überall herumliegen, abhalten zu lassen, stürmt die ganze Meute hinterher.

O Gott, denke ich, die plündern ja das Schuhgeschäft, die brauchen Schuhe.

Und ich? Ich brauche doch auch!

Soll ich einfach mitmachen und mir welche holen? Das ist strafbar, das weiß ich. Der Parteimensch hat sogar gesagt, bei Plünderung Todesstrafe! Oder so.

Ich brauche doch nur ein einziges Paar und schaue auf meine Latschen ... und schon laufe ich hinüber.

Die ganze Meute ist schon drin – ein Chaos!

Alle wühlen in den Kartons – heilloses Durcheinander – Holzpantinen, Hausschuhe, Sandalen. Da entdecke ich zwei zusammengebundene schöne, schwarze Schnürschuhe am Boden liegen. Die könnten passen! Also schnappen, und nichts wie weg damit! Ab nach Hause!

Ich laufe: um die zwei Ecken, dann Zaun, Mauer, Hinterhof, habe Angst vor dem Anpfiff von Mutter – ich bin ja ausgebüchst.

Atemlos stürze ich ins Zimmer und sage möglichst harmlos: „Die plündern das Schuhgeschäft; ich hab' mir auch ein paar Schuhe organisiert."

Was wird sie jetzt sagen?

Mutter schaut auf meine Beute, schweigt, lächelt – kein Anpfiff! Sie sagt: „Hast du die Schuhe anprobiert? Hmmm? Seit wann hat denn mein Sohn zwei linke Füße?"

Verdutzt schaue ich mir das Paar genauer an. Tatsächlich, o welch ein Mist! Ich bin schecklich enttäuscht. Dann mein Entschluß: Ich laufe noch mal – Hinterhof, Mauer, Zaun, um zwei Ecken – da ist das Schuhgeschäft.

Der Andrang hat schon nachgelassen. Die meisten haben sich schon mit allem, das sie ergattern konnten, eingedeckt. Ein verwüstetes Schuhgeschäft, nichts mehr zu holen. Ich stehe mit meinen zwei linken Schuhen ganz mutlos da.

Unerwartet kommt mir aus dem Schuhkeller eine schwarzhaarige Frau entgegen, vielleicht eine Zigeunerin. Ich beobachte sie genau. Sie trägt keine Strümpfe, aber an den Füßen hat sie ein Paar nagelneue Pumps an. Sie kann damit kaum gehen.

Sie blickt sich ängstlich in alle Richtungen um. Ich sehe, daß sie vier Paar große, braune Schuhe mit den Senkeln zusammengebunden hat und sie sich vor meinen Augen um den Hals hängt.

Was will denn die mit Männerschuhen?

Da kommt mir ein Geistesblitz. Ich sage: „Sie haben vier Paar braune, möchten Sie ein Paar schwarze? Mir wären braune lieber! Wollen wir tauschen? Sie behalten ja noch drei Paar braune! ... Ja, einverstanden?"

Sie schaut mich mißtrauisch von der Seite an, reicht mir aber dann wortlos ein Paar der braunen, und ich übergebe ihr die schwarzen und denke: gleich laufen, laufen – bloß weg! Und ich spurte davon.

Sie bemerkt den Schwindel sofort und schreit wütend: „Du dreckiger Bastard, na warte!"

Ich höre ihre Schritte hinter mir, sie ist schnell, sie wird mich einholen. „Du Halunke!", schreit sie hinter mir her.

Ich um die erste Ecke, dann um die zweite. Sie kommt näher, o weh! Mit Schwung schleudere ich die Schuhe über die hohe Mauer. Sie kann das, gottlob, nicht sehen. Noch zehn Schritte, und sie packt mich am Hemdkragen. Sie hat mich erwischt, will zuschlagen. Wir stehen voreinander und atmen tief. Ihre Hand ist erhoben, in der anderen Hand hält sie ihre Pumps. Da blickt sie auf meine armseligen, zerschlissenen Latschen an meinen Füßen, und – welch ein Wunder! – sie schüttelt nur den Kopf, läßt mich los, fährt mit der Hand über meinen Blondschopf und geht einfach, ohne irgend etwas zu sagen, davon.

Noch vor der Sperrstunde abends hole ich mir die braunen Schuhe aus dem Schrebergarten. Sie sind zwei Nummern zu groß, aber was macht das schon? Ich werde sie mit Zeitungspapier ausstopfen und viele Jahre lang tragen, bis ich kein Zeitungspapier mehr brauche.

Bis zum Endsieg!

Ein paar Tage später.

Ich spiele mit Nachbarskindern im Treppenhaus, *Mensch ärgere Dich nicht*. Ich mag das Spiel wirklich nicht besonders, aber da ist ein blondes Mädchen – auch aus einer einquartierten Flüchtlingsfamilie –, die mag ich sehr. Die ist gut entwickelt, Busen und so und lacht immer so nett. Mit ihr spiele ich verdammt gern. Sie scheint schon 14 Jahre zu sein. Wenn sie mich anspricht, werde ich rot. Ich versuche, das zu bekämpfen, aber es hilft nichts.

Ich bin ganz froh, als meine Freunde vom Hinterhof nach mir rufen: „Die Amis haben einen deutschen Panzer erbeutet, los zum Rathaus – Laufschritt!"

Ich reiße mich von dem Mädchen los und laufe mit: Hinterhof, Mauer, Zaun, um zwei Ecken – und wir sind auf dem Jacobsplatz.

Stopp! Wir bleiben stehen und beobachten, wie ein

VW-Kübelwagen anhält, ein deutscher Feldwebel sagt laut: „Los, schmeißt jetzt eure Waffen weg! Wir gehen gleich in Gefangenschaft! Es ist besser so!" Und schon fliegen Karabiner, Seitengewehre und eine MPi in das verwüstete Schuhgeschäft. Der Kübelwagen braust sofort davon.

Wir staunen nur: Das ist also unsere heldenhafte Wehrmacht! Nichts als Feiglinge sind die! Für uns unfaßbar.

Dann flüstert einer: „Die Waffen nehmen wir mit – klar doch, Werwölfe brauchen schließlich Waffen!"

Ich sage noch: „Das fällt auf, wo wollen wir sie denn lassen?"

Aber Rolf ruft: „Ich kenne in gutes Versteck – hinter der Hoftoilette! Aber das bleibt unter uns!"

Und schon hebt er die MPi auf. Wir anderen schnappen uns die Karabiner und Seitengewehre. Niemand hat etwas davon mitbekommen.

Wir schleichen zurück. Ecke – Ecke – Zaun – Mauer – Hinterhof. Dann links an dem Schuppen vorbei. An der Rückseite stehen Bretter und anderes Gerümpel.

„Hier", sagt Rolf. „Dahinter findet sie keiner. Jeder schwört mir, daß er nichts verrät. Los schwört!"

Wir schwören.

Von da ab sind wir jeden Tag für Stunden verschwunden und spielen mit den Waffen, zerlegen sie, bauen sie zusammen. Schade nur, daß die Munition fehlt! Jedesmal, wenn wir nach Hause müssen, verstecken wir die Waffen sorgfältig hinter den Brettern.

Einige Tage vergehen.

Als wir eines Morgens gerade Zielübungen hinter dem Schuppen machen, steht plötzlich, wie aus dem Boden gewachsen, unser Blockwart Mayer vor uns. Er sieht die Waffen, sein altes Gesicht wird bleich, der Mund steht halb offen.

Sofort schießt es mir in den Kopf: Das muß Verrat gewesen sein!

Aber da schreit er auch schon los – ein furchtbares Donnerwetter! Er brüllt: „Ihr wahnsinnigen Bengels, ihr bringt uns alle um! Wenn die Amis das finden, stellen sie mich an die Wand. Ich bin für die Waffenabgabe verantwortlich!"

Er tobt und schlägt zu, prügelt uns durch und durch. Mein Schädel brummt von der Ohrfeige. Er reißt mir den Karabiner aus der Hand, ergreift die MPi, schleppt alles zum Plumpsklo hinter dem Schuppen. Wutschnaubend schmeißt er alle Waffen durch das runde Loch in die stinkende Jauche.

Die schönen Gewehre! Und am Morgen haben wir sie noch gründlich gereinigt!

Mein Gott, so habe ich den Mayer noch nie erlebt!

Wir kennen ihn gut. Er ist unser Lehrer und im Grunde nicht übel – eigentlich recht gelassen und ruhig. Als Kriegsversehrter und Parteigenosse ist er nicht an der Front. Vor Tagen hat er noch lauthals verkündet: „Wir müssen das Vaterland bis zum Endsieg verteidigen!"

Verteidigen kann man aber doch nur, wenn man Waffen hat! Was ist also falsch, wenn wir uns heimlich ein Waffenlager anlegen? Bei Berlin kämpfen sie doch noch!

Wie ein geprügelter Hund verkrieche ich mich auf dem Dachboden. Meine Wangen brennen von den Ohrfeigen! Rolf und die anderen sind auch abgehauen. Ich sitze da und sinniere: Anscheinend ist es so, daß der, der vor Wochen noch am lautesten Parolen schrie, jetzt als erster die Waffen wegwirft.

Aber ausgerechnet unser Lehrer Mayer, unser Blockwart! Ich habe ihn bisher für recht klug gehalten. Daß er so schnell umkippt, kaum daß die Amerikaner da sind! Seine ehemalige Überzeugung kann nicht allzu groß gewesen sein, oder?

Hinter dem Schuppen hat er uns regelrecht entwaffnet, und, bloß weil wir Krieg gespielt haben, auch noch verhauen. Und wir haben uns nicht einmal verteidigt ...!

Ich glaube, das werde ich künftig sein lassen, das mit dem Kriegspiel – es bringt viel Ärger. Wenn der Mayer das noch Mutter erzählt, o weh!

All das bewegt mich jedoch nicht so sehr wie der Gedanke an den Verrat. Alle vier haben wir geschworen, total dichtzuhalten. Aber einer muß doch dem Blockwart Mayer den Tip gegeben haben. Wer nur? Eigentlich traue ich es keinem von uns zu. Aber ein Judas muß dabei sein!

Welch eine Schmach für uns Jungs! Die Vorstellung treibt mir die Tränen in die Augen. Ich war fest davon überzeugt, daß auf einen deutschen Jungen Verlaß ist – aber jetzt...

Mir ist nur nicht klar: Warum sollte uns einer verraten haben? Welche Vorteile hat er sich davon versprochen? Eigentlich mehr Nachteile, weil er doch selber dabei war. Andererseits wird der Blockwart auch nicht ohne Veranlassung über den Hof zum Schuppen gekommen sein. Es muß Verrat im Spiel sein!

Langsam verfestigt sich die Ahnung in mir, daß alle Tugenden, die man mir in den letzten Jahren beigebracht hat, nicht mehr gefragt sind. Ich nehme mir vor, in Zukunft mißtrauischer und zurückhaltender zu sein. Anscheinend kommt etwas Neues auf uns zu.

Als ich dann mittags schuldbewußt der Mutter gegenübertrete, schaut sie mich an und sagt: „Na, hat euch der Blockwart richtig verhauen? Ich mußte ihn holen! Jetzt müssen wir Mütter dafür sorgen, daß es mit dem Kriegspielen endgültig Schluß ist." Sie betonte es noch!

Mein Gott, denke ich, meine eigene Mutter! Woher hat sie es gewußt? Ich hab' ihr doch nichts gesagt! Und ich überlege und überlege, knabbere an einer Möhre – mehr gibt es heute nicht! –, und mein Entschluß steht fest: Ich traue keinem mehr, keinem!

Ich wende noch ein: „Aber der Blockwart Mayer hat noch im Winter vor der Klasse gesagt: ‚Das Vaterland muß verteidigt werden ...'."

Sie unterbricht mich: „Schluß damit! Nie wieder! Hörst du, nie wieder faßt du ein Gewehr an! Wehe, wenn ich dich noch einmal dabei erwische! Kinder sollen wieder Kinder werden!"

Ich überlege und sage trotzig: „Ich bin kein Kind mehr. Warum soll ich denn wieder ein Kind werden?"

Mutter: „Damit du wieder lachen lernst!"

Ich: „Aber Mama, der Führer hat doch gesagt ..."

Mutter: „Vergiß den Führer, der hat uns dieses Elend doch eingebrockt!"

Ich gebe mich geschlagen und denke: So was hat sie früher auch nicht gesagt, der Führer war ihr alles.

Aus dem Volksempfänger ertönen die Mittagsnachrichten: „Der heldenhafte Kampf um die Reichshauptstadt Berlin geht in die entscheidende Phase. Die deutsche Wehrmacht kämpft mit dem deutschen Volk bis zum Endsieg ...

Ich denke: Was denn nun? Einmal heißt es kämpfen ja, dann wieder kämpfen nein. Wem soll man denn noch glauben? Mutter, Führer, Lehrer ...?

Trotzig murmele ich: „Ich will kein Kind sein, aber ich will auch kein Erwachsener sein! Auf keinen Fall so wie die!"

Lachen soll ich wie ein Mädchen. Warum will sie nur, daß ich wieder lache?

Der Mundraub

Als ich Mutter am Nachmittag wiedertreffe, kommt sie gerade die Treppe herauf, ihr blauer Mantel ist über und über mit weißem Staub verschmutzt. Auf dem Rücken schleppt sie einen großen Kissenbezug mit Mehl und ruft:

„So, jetzt geht's uns besser, die plündern die Keksfabrik. Dort ist viel Mehl zu holen, aber mehr konnte ich nicht schleppen, ich hab' mir etwas von einem Sack abgeschöpft, das sind mindestens 20 Kilogramm. Man müßte noch mehr holen, aber ich kann nicht mehr tragen!"

Sie schnauft, und ich überlege: Jetzt werde ich es ihr beweisen, daß ich kein Kind mehr bin - mit elf Jahren steht man seinen Mann!

Ohne ein Ton zu sagen, schleiche ich mich in den Hinterhof, schnappe mir Rolfs Handwagen und renne los in Richtung Keksfabrik. Der Wagen poltert über das Kopfsteinpflaster, das hört sich an wie Trommel-wirbel, und ich renne noch schneller,weil mir die pol-ternden Töne gefallen. *Ratta ta ta, ratta ta ta.*

Beim Rennen überlege ich krampfhaft, wie ich das anstellen soll. Mit dem Handwagen komme ich nicht in die Fabrikhalle rein, stelle ich ihn aber ab, klauen die anderen ihn mir. Was tun?

Ich muß erst den Wagen verstecken und dann das Mehl holen. Also hintenrum, durch einen Obstgarten in Richtung Keksfabrikgelände – Stacheldraht hoch-heben, Wagen drunterschieben, weiter über eine Wiese – dort ist ungefähr die Halle. Aber vor mir quer ein Bach mit Böschung, zur Halle noch etwa hundert Meter! Durch den Bach mit dem Handwagen geht nicht und schon gar nicht, wenn er beladen ist. Also muß der Wagen hier versteckt bleiben.

Ich lege ein paar Zweige darauf, wate durch den Bach, um zu erkunden, was noch zu holen ist. Von weitem sehe ich, daß vor dem Haupttor ein amerika-nischer Posten steht und die Leute zurückweist.

Ich schleiche zu einer Seitentür aus Blech, sie ist offen, ich gehe über einen langen Flur – erste Tür rechts, Klinke drücken – sie gibt nach, und ich stehe in einer Vorratshalle.

Ich blicke mich um. Die Geräusche hallen – viele Menschen, die schleppen und hasten. Und dann – die ganze Halle ein einziger Haufen Verwüstung. Alles voller Zucker und Mehl, alles auf dem Boden.

Meine Augen suchen die Mehlsäcke, von der die Mutter sprach. Da hinten rechts in der Ecke große, braune Jutesäcke, prall gefüllt, teilweise aufgeschlitzt.

Ich wate durch das Mehl in die Ecke, fasse zu. Aber, mein Gott, wie schwer das ist! Ich bin sehr aufgeregt. Wenn jetzt der Amiposten kommt – warum krieg' ich den Mehlsack bloß nicht hoch? Ich bin doch ein Mann!

Neben mir ein Geräusch.

Ich blicke hoch und staune: Ein Mann stellt eine Leiter an die Wand, steigt hoch und montiert mit einem Schraubenzieher ganz gelassen eine große Wanduhr ab, die gerade auf 4 Uhr steht.

Ich blicke in die Runde. Alle anderen rauben Zucker und Mehl und der? Dem ist die Uhr wichtiger.

Aber den Sack kann ich höchstens kippen, nicht heben – was mach' ich nur?

Da sehe ich eine kahlgeschorene Gestalt, die mit der Hand aus einem großen Blechkanister etwas in eine Schüssel streicht.

Es ist ein russischer Kriegsgefangener in ganz zerfetzten Klamotten.

Als Baltenjunge kann ich etwas Russisch, und ich trau' mich und sprech' ihn an:

„Hei, *Towarischtsch*, kannst du mir den Sack zu

meinem Wagen bringen? Ich schaff' das nicht, er ist zu schwer".

Er blickt auf, mustert mich von oben bis unten. Er ist zwei Köpfe größer als ich. Dann grinst er aus seinem zahnlosen Mund und sagt: *„Charoscho*, einverstanden! Aber dann mußt du so lange meine Schüssel mit Honig tragen."

Dreimal muß er ansetzen, um sich den Doppelzentner Mehl auf den Rücken zu hieven. Ich halte die Luft an, damit er es besser schafft.

Dann wankt er in tief gebückter Haltung mit dem riesigen Sack los, und ich rufe: „Hier lang!" und halte ihm unbewußt seine Honigschüssel vors Gesicht.

Er stampft mir nach, quält sich durch die feuerfeste Nebentür, durch den langen Flur bis zur Hintertür, dann über die Wiese.

Er wankt und stöhnt.

Ich rufe: *„Towarischtsch*, noch ein paar Schritte, bitte!"

Ich weiß, mein ganzer Erfolg hängt davon ab, ob er durchhält oder den Sack fallenläßt. Aber er schleppt und schleppt, und ich bange: Hoffentlich, hoffentlich hält er durch und wirft die Last nicht ab!

Dann kommt der verflixte Bach.

Er stolpert förmlich hinein, jetzt läßt er ihn fallen, nein, er fängt sich und keucht die Böschung hoch.

Ich habe schon die Zweige vom Handwagen entfernt. Mein Helfer geht in die Hocke und schwingt den Doppelzentner in den Handwagen, der Wagen knarrt.

Der Russe blickt mich stolz an, schnauft erschöpft, und ich lobe ihn und sage: „Ich hätte das nie und nimmer geschafft, ich bin ja noch ein Kind. Aber du bist ein starker Mann. Danke!"

Er grinst wieder mit seinen braunen Zahnstummeln und schlägt mir freundschaftlich auf den Rücken. Und wie zur eigenen Belohnung faßt er mit der Hand in die Honigschüssel und leckt sich die Finger ab.

Dann schlurft er davon, wobei er sich immer wieder umdreht, um mir noch einmal zuzuwinken. Ich stehe da und schaue dem zerlumpten Kriegsgefangenen irgendwie mitleidsvoll nach. Gerne hätte ich gewußt, wie er heißt. Und dann fällt mir ein, was die älteren Hitlerjungen zu so einem sagen würden: „Slavischer Untermensch".

Ich zerre und ziehe meinen Handwagen mit der Doppelzentnerfracht über die Wiese auf die Straße. Es ist verdammt schwer, ihn Meter für Meter voranzubewegen. Auf dem Kopfsteinpflaster poltert er schwerfällig dahin – kein fester Rhythmus wie auf der Hertour – und in meinem Bauch spüre ich die Angst:

Hoffentlich schaffe ich's bis nach Hause! Hoffentlich, hoffentlich stoppt mich keiner und nimmt mir die wertvolle Fracht weg! Und hoffentlich merkt das keiner, daß ich geklaut habe.

Ich hab' schon mal was von Mundraub gehört. Aber einen ganzen Doppelzentner...?

Ich ziehe und schwitze und kämpfe mich weiter voran. Noch einen Kilometer! Keiner behelligt mich, jeder hat mit sich selber zu tun. Die begreifen gar nicht, was für einen Wert ich da ziehe. Ich ziehe bergauf. Endspurt. Gleich kommt der Jacobsplatz. Schritt für Schritt, keine Unterbrechung – zwei Ecken, Zaun, Mauer, Hinterhof, und dann bin ich da und lasse die Wagendeichsel fallen.

Ich fühle einen ungeheuren Stolz und ein warmes Glücksgefühl in mir aufsteigen. Ich hab's geschafft – einen ganzen Doppelzentner Mehl! Das hat noch keiner fertiggebracht!

Eine Mieterin blickt erstaunt aus dem Küchenfenster. Ich rufe ihr zu: „Holen Sie bitte meine Mutter!"

Mutter kommt mit anderen Frauen aus dem Haus. Sie sehen den Doppelzentner Mehl und meine Mutter ruft: „Mensch Junge, wie hast du das bloß geschafft – einen ganzen Doppelzentner Mehl!"

Und ich sage stolz: „Siehst du, Mutter, ich bin eben kein Kind mehr!"

Ich bin der Held des Tages. Einen ganzen Doppelzentner Mehl organisiert! Das sind ...? Das sind volle hundert Kilogramm!

Mutter ruft die Hausbewohner zusammen, und zu meinem Entsetzen beginnt sie, das Mehl, das ich so mühsam herbeigeschleppt habe, zu verteilen. Alle im Haus bekommen etwas ab.

Ich bin sauer.

Später frage ich sie vorwurfsvoll: „Warum hast du so vielen Mehl abgegeben?" Und sie antwortet: „Das sind doch alles Mitwisser, die haben doch mitgekriegt, daß du das Mehl gestohlen hast, oder? Das darf doch auf keinen Fall rauskommen!"

Das leuchtet mir nicht ein.

„Mama, das hab' ich doch organisiert! Ich dachte, organisieren ist was ganz anderes als stehlen. Mama, organisieren ist also wie stehlen? Klauen ist doch stehlen. Organisieren ist doch nicht so schlimm, oder?"

Sie antwortet nicht.

Schweigen ...

Die Sieger

Erst gegen Morgen wird es im Bett warm. Das ist so angenehm, so kuschelig.

Ich sehe ihr Gesicht direkt vor meinen Augen, ich fühle ihre warme Haut, ihre weichen Schenkel, es ist das blonde Mädchen aus dem Haus. Ganz zärtlich lutsche ich an ihren Brustwarzen, ich empfinde ein wunderbares Gefühl, es wird mir im Bauch ganz warm ... – da, laute Schreie, heftiges Gebrüll!

Ich erwache. Schade, es war so schön! Die Wirklichkeit ist direkt grausam.

Schlaftrunken laufe ich barfuß zur Toilette. In der Wohnung ist es kalt. Ich setze mich auf die Toilettenbrille und schau' aus dem Fensterchen.

War ein verdammt schöner Traum!

Plötzlich sehe ich andere Uniformen.

Ich schiebe die Scheibengardine etwas beiseite. Und da Soldaten mit Segeltuchstiefeln, Hemd aus der Hose,

Koppel über dem Hemd, MPi vor der Brust, immer zu zweit schlendern sie die Straße entlang.

Auf dem Kopf Schiffchen mit rotem Zeichen. Das hab' ich schon in der Wochenschau gesehen.

Mein Gott, der Iwan ist da!

Ich renne ins Zimmer: „Mutter, Mutter, die Sowjets sind da!"

Sie kreidebleich: „Halt den Mund! Leise! Los, anziehen, schnell! Wer weiß, was noch kommt!"

Mutter und ich schauen vorsichtig aus der Wohnungstür ins Treppenhaus.

Unten wird laut an die Tür gehämmert. Das Klopfen wird lauter, eindringlicher. Keiner öffnet. Lautes Gebrüll draußen, keiner traut sich zu öffnen.

Dann eine peitschende MPi-Salve. Ein gräßliches Geräusch. Die Tür wird eingetreten.

Drei betrunkene Rotarmisten stürzen stolpernd ins Treppenhaus.

„Frau, Frau, komm Frau! Komm!"

Wir verriegeln erschrocken die Wohnungstür. Meine Mutter rennt zurück ins Zimmer zu meinen Geschwistern. Ich blicke zitternd durch das Schlüsselloch – nur ganz kurz!

Aber was sehe ich da? Da steht eine Flasche Schnaps. Jemand von den Hausbewohnern hat sie wohl vor die Tür gestellt.

Noch auf dem Treppenabsatz köpfen die Rotarmisten die Flasche.

„Na sdorowje!"

Gelächter, Gegröle.

Sie rütteln an den Wohnungstüren, dann wanken zwei hinaus auf die Straße.

Jetzt ist es im Hause gespenstisch still, nur die zerschossene Haustür schlägt der Wind auf und zu.

Der dritte Rotarmist hängt auf dem Treppenabsatz über dem Geländer und würgt und kotzt ins Treppenhaus. Dann klappt er zusammen wie ein Taschenmesser, bleibt auf den Stufen liegen und beginnt zu stöhnen, was mir wie schnarchen klingt!

O Gott, wo ist Mutter geblieben!

Ich laufe ins Zimmer. Nicht da! Nur meine beiden kleinen Geschwister, die sich im Bett verkrochen und die Decke über die Köpfe gezogen haben.

Das Zimmerfenster zum Hof ist geöffnet. Kalter Wind weht herein. Ich schaue raus. Man kann durch das Fenster auf das Dach des niedrigeren Nebengebäudes heraussteigen.

Hinter dem langen Schornstein kauert meine Mutter mit unserer Wirtin, Frau Bach, und meiner blonden Flamme.

Ich winke.

Sie verstehen nur zögernd.

Als meine Mutter auf mich zukommt, rufe ich ihr mit gedämpfter Stimme zu: „Einer ist noch da; er schläft besoffen auf der Treppe, die anderen beiden sind raus. Mutter, was machen wir mit dem Kerl im Treppenhaus?"

Sie überlegt.

Dann sagt sie, auf die Fensterbank gestützt: „Jetzt müßt ihr Jungs uns Frauen helfen! Lauf in den Hinterhof, hol deine Freunde, schnappt euch eine Decke, rollt ihn darauf und schleppt ihn vor die Haustür! Decke – vier Jungs, vier Ecken, los! Hast du verstanden? Jetzt könnt ihr zeigen, daß ihr Mut habt!"

Ich kriege einen Klaps und laufe los.

Die Frauen bleiben auf dem Dach.

Ich trommele die Nachbarsjungen zusammen. Rolf mit Bruder, der Bruder meiner blonden Flamme und ich, wir trauen uns zuerst nicht an den grunzenden Iwan heran. Dann fassen wir uns ein Herz und wälzen ihn auf die Decke, schleppen den lallenden Trunkenbold die Stufen hinunter. Er ist schwer, schlägt bei jeder Stufe auf, aber ihm ist alles gleich ...

Im Treppenhaus riecht es ekelig nach Erbrochenem, auf der Straße lassen wir ihn einfach liegen. Er dreht sich auf dem Bürgersteig in die Decke ein und schnarcht gleich weiter.

Als ich später aus dem Fenster blicke, torkelt er mit der Decke um die Schultern davon.

Ich denke: die schöne Decke, unser größter Verlust! Heute nacht wird einer frieren. Aber schlauerweise hab' ich eine von Frau Bach genommen!

Die Sowjets sind jetzt schon fast eine volle Woche da. Man erzählt sich, daß sie mit einigen Einwohnern, die ihre vergrabenen kommunistischen Parteibücher jetzt schnell wieder hervorgeholt haben, im Rathaus zusammenarbeiten. Das Rathaus heißt jetzt Kommandatur.

Ihr erster Erlaß: „Alle Bürger, die einen Radioapparat haben, müssen ihn innerhalb der nächsten 24 Stunden in der Schule an der Bauzener Straße abliefern, ausnahmslos alle!"

Also ziehe ich mit dem schönen, großen Acht-Röhren-Radiogerät unserer Wirtin auf einem Handwagen zur Sammelstelle. Sie folgt mir und jammert ununterbrochen.

Als wir in der Schule ankommen, ist die Turnhalle bereits angefüllt mit Hunderten von Radioempfängern. Die meisten Geräte sind Volksempfänger aus Bakelit mit dem runden Lautsprecherloch.

Unseres ist dagegen aus Edelholz, poliert und mit großen Knöpfen für Sender und Lautstärke.

Wir müssen uns zur Abgabe anstellen.

Als wir an die Reihe kommen, versichert uns der deutsche Helfer, daß wir das Gerät nach Kriegsende wiederbekommen. Angeblich geht es der Sowjetmacht nur darum, zu verhindern, daß wir Propagandasendungen aus Berlin hören.

Ganz bürokratisch erhalten wir eine Quittung.

Mir fällt sofort das Datum auf der Quittung auf: 20. April[1]. Wer kennt im III. Reich dieses Datum nicht?

Ich mache Frau Bach darauf aufmerksam.

Sie verzieht keine Miene, und wir machen uns wieder auf den Weg nach Hause. Sie sagt nur bitter: „Das ist ja jetzt völlig egal; er hat sich ohnehin vertan. Heute ist der 30. April. Er hat statt einer „drei" eine „zwei" geschrieben. Die Quittung ist doch wertlos, das teure Gerät sehe ich nie wieder. Heute Mittag habe ich noch eine Sondersendung gehört. Sie haben gesagt: ‚Unser geliebter Führer, Adolf Hitler, ist heute im heldenhaften Kampf an der Seite seiner Soldaten an der Berliner Front gefallen.'"

Ich höre bei ihr keinerlei Unterton, bis sie hinzufügt: „Jetzt beginnt für uns die Götterdämmerung."

Die Nachricht versetzt mir einen Stich, ich fühle sowas wie Angst, aber mehr im Kopf als im Bauch.

---

[1] Hitlers Geburtstag; wurde mit Paraden gefeiert.

Ich wollte doch immer Hitlerjunge werden, vorbei! Was bleibt noch?

Aber dennoch, der Führer ist aufrecht wie ein Mann, wie ein Held gefallen! (Ein Jahr später erfahre ich, daß er sich im Bunker selbst umgebracht hat.)

An diesem Abend beginnt unsere Mutter mit uns Kindern wieder ein Abendgebet zu sprechen. Das hat sie, seit ihr Bruder gefallen ist, nicht mehr getan. Von da ab erzählt sie auch abends, wenn meine Schwester um ein Märchen bettelt, eine biblische Geschichte.

Ebbe und Flut

Heute gibt es , wie an all den Tagen zuvor, Steckrüben-
suppe. Die ist schon eine Woche alt und stammt aus
der Volksküche, bevor diese geschlossen wurde. Gut
schmeckt die Suppe nicht mehr, ziemlich säuerlich,
aber sie ist schön heiß.

Nachmittags spielen wir, wie so oft, im Treppenhaus. Auf die Straße traut sich keiner hinaus.

Die Frauen im Haus haben im Geräteschuppen
einen Balken abmontiert und versuchen nun, die zerschossene Haustüre damit zu verrammeln. Dabei hilft
ihnen ein alter Mann. Ich habe ihn im Hause zuvor
noch nie gesehen, obwohl wir hier schon seit drei
Monaten wohnen. Die Frauen reden ihn mit Herr
Bernstein an.

Er sagt: „So hält das nicht, man kann die Türe mit
etwas Gewalt von außen aufstoßen."

Er überlegt, und dann fügt er hinzu: „Am besten

wir nehmen ein paar Haken von den Blumenkästen und bringen sie zur Verstärkung an der Tür an."

Frau Bach springt auf und holt in Windeseile die Eisenhaken vom Fassadenfenster. Sie passen gut um den Balken, und Herr Bernstein schraubt sie geschickt an der Holztür fest; dabei benutzt er die schon vorhandenen Löcher in den Haken. Jetzt kann man den Balken von oben in die Eisenhaken einlegen.

Ob das hält?

Er sagt freundlich zu mir: „Komm, hilf mir mal!" Und ich fasse zu.

Der Balken ist zu lang; ich muß eine Säge holen.

Der alte Mann müht sich beim Sägen ab. Ich gehe ihm zur Hand, und wir freunden uns an. Er erinnert mich an meinen Großvater

Als ich ein paar Stunden später meine Mutter mit Frau Bach im Treppenhaus antreffe – sie halten gerade ein Schwätzchen – , stelle ich mich dazu und sage: „Die Eingangstür ist jetzt fest verrammelt. Herr Bernstein hat gesagt, daß alle im Haus den Hintereingang vom Schrebergarten aus benutzen sollen. Wo wohnt eigentlich Herr Bernstein hier im Haus? Ich habe ihn noch nie gesehen, auch im Luftschutzkeller war er nie."

Dabei blicke ich meine Mutter an, und sie blickt genauso fragend Frau Bach an.

Die sagt unwirsch: „Das geht uns nichts an. Soweit ich weiß, ist das der Vater von den Parteibonzen in der obersten Etage."

Ich: „Aber die heißen doch ..."

Meine Mutter fällt mir ins Wort. Ich: „Dann müßte sie ja eine geborene Bernstein sein."

„Vermutlich, warum?"

„Ach, sie scheint ja eine Fanatikerin zu sein. Sie hat meinen Jungen mehrfach angehalten bei Begegnungen im Treppenhaus laut mit ‚Heil Hitler' zu grüßen."

Und zu mir gewandt sagt sie: „Das war falsch! Daß du diesen Gruß nie wieder gebrauchst, verstanden! Von jetzt an heißt es wieder: ‚Guten Tag, guten Abend!' Ist das klar?"

Ich: „Trotzdem möchte ich wissen, wo der nette Herr Bernstein wohnt."

Sie: „Dann frage ihn doch das nächste Mal selber!"

Einige Tage vergehen, noch immer wagt sich keiner auf die Straße. Hinter der verrammelten Haustür lauert die Gefahr.

Vereinzelt hört man Frauen um Hilfe schreien.

Wir Kinder spielen im Treppenhaus, aber wir bemühen uns, dabei recht leise zu sein.

Herr Bernstein läßt sich jetzt öfters sehen, er hilft den Frauen bei Handwerksarbeiten. Seine angebliche

Tochter, die braune Naziziege, ist wie vom Boden verschwunden. Und ich hätte ihr doch so gerne ganz patzig „Guten Tag!" statt „Heil Hitler!" gesagt.

Zum Abendessen bekommen wir Kinder Brot mit Marmelade, jedes Kind eine Scheibe. Mutter verzichtet heimlich und glaubt, daß wir das nicht bemerken.

„Mutter", sag' ich, „als ich in der Keksfabrik das Mehl organisiert habe, war da auch ein Mann, der sich eine Leiter geholt hatte und in der Werkshalle die elektrische Wanduhr abmontierte und mitnahm. Was will er wohl damit?"

Mutter schmunzelt und sagt spitzbübisch: „Damit er weiß, was ihm die Stunde geschlagen hat."

Ich blicke sie verständnislos an.

Sie: „Na, damit er die Uhrzeit weiß."

Ich kapiere nicht, und belustigt wechselt sie das Thema: „Schnell, ein Test! Sag mir die Mehrzahl von Zeit, los!"

„Zeiten."

Und ein zusammengesetztes Hauptwort mit Zeiten?"

Ich überlege: „Jahreszeiten."

„Ja, weiter!"

„Kriegszeiten."

„In Ordnung, weiter!"

„Schlechte Zeiten."

„Nein, das wird getrennt geschrieben!"

„Jetzt mußt du aber auch eines sagen, Mama!"

Sie: „Gezeiten."

„Gezeiten? Was ist das?"

„Das ist Ebbe und Flut. An der Nordsee, am Atlantik kommt das Wasser alle zwölf Stunden und überschwemmt den sauberen Strand. Das nennt man Flut. Vieles verschwindet unter der Wasseroberfläche. Bei Ebbe läuft das Wasser wieder ab und hinterläßt kleines Getier – Muscheln, Krabben, kleine Fische und so weiter –, aber auch Algen und allerlei Treibgut von den Schiffen. Dann ist der Strand schmutzig."

„Ja, dann verstehe ich nicht, wieso Lehrer Mayer neulich sagte: ‚Jetzt ist in Deutschland restlos Ebbe'. Hier ist doch kein Wasser!"

Sie sagt ganz unvermittelt: „Schluß jetzt, ich muß Kartoffeln schälen."

Ich gehe und denke, das muß ich mir merken: Bei Ebbe läuft das Wasser ab, da wird aller Dreck sichtbar. Bei Flut kommen große Wellen, da wird es gefährlich.

Aber welche Farbe hat die Flut?

Die Notdurft

Langsam gewöhnen sich die niedergeschlagenen Menschen an die sowjetische Besatzungsmacht. Man traut sich außerhalb der Sperrstunden auch schon auf die Straße. Der Bäcker backt wieder. Schon um 5 Uhr morgens bildet sich eine Schlange, obwohl er erst um 8 Uhr aufmacht. Das heißt, mindestens drei bis vier Stunden stehen, wobei Mutter und ich uns dabei meistens abwechseln.

Bevor sich Mutter auf den Weg zum Bäcker macht, weckt sie mich, damit ich sie nach dem Waschen und Anziehen ablösen kann. Kurz vor 8 Uhr ist dann Mutter wieder mit dem Anstehen an der Reihe, da nur an Erwachsene Brot verkauft wird. Inzwischen sind die auf Lebensmittelmarken erhältlichen Rationen um die Hälfte gekürzt worden.

Ich rechne aus: Uns stehen mit vier Personen pro Tag 400 Gramm Brot zu – also fünf Scheiben.

Das Problem ist aber, daß es nicht einfach ist, diese Brotration auch zu ergattern. Denn wenn man sich nicht gleich morgens früh um 5 Uhr vor dem Laden anstellt, ist die Schlange vor einem sehr lang. Und bis man dann an der Reihe ist, kann das Brot schon ausverkauft sein.

Na, und dann die Enttäuschung und der Hunger! Hunger haben wir eigentlich immer, auch unmittelbar nach einer Mahlzeit.

Die Kartoffeln werden knapp. Sie sind so runzelig mit herausgewachsenen Trieben. Mutter macht ständig Kartoffelbrei, auch schon zum Frühstück.

Seit Wochen habe ich mir angewöhnt, nach dem Frühstück in der Stadt herumzustreifen. Vielleicht finde ich etwas zu essen. Vielleicht kommt hier oder dort gerade eine Lieferung an, die dann gegen Lebensmittelkarten verkauft wird. Mit der Spürnase eines Hundes bin ich unterwegs: Wo bildet sich eine Schlange? Was gibt es dort?

Wir können alles gebrauchen. Organisieren muß man können! Wenn man etwas entdeckt hat, heißt es sofort handeln – also Mutter Bescheid geben und sich in der Schlange anstellen. Auf keinen Fall sich als Kind wegdrängen lassen, eher umgekehrt: unbemerkt langsam vordrängen!

Heute Morgen hat Rolf mir erzählt, daß die Amis oder die Sowjets eine neue Holzbrücke über die Mulde gebaut haben. Die Eisenbahnbrücke und die Straßenbrücke haben unsere Wehrmachtssoldaten, kurz bevor sie zurückgingen, gesprengt.

Die neue Brücke, die muß ich sehen!

Rolf kann nicht mitkommen, er muß seiner Mutter helfen. Aber ich, ich laufe los– allein!

Auf der Durchgangsstraße in Richtung Leipzig komme ich nicht durch – den Sowjet-Posten sehe ich schon vom weiten. Aber ich kenne einen Schleichweg bis zu den Muldewiesen am Schwimmbad vorbei.

Ich komme unbemerkt durch und nähere mich zögernd der neuen Brücke, die aus hellem Holz ist.

Was ich dort will, weiß ich selber nicht, aber ich bin neugierig.

Aus einer sicheren Entfernung beobachte ich einen Sowjet-Posten, der am Brückengeländer lehnt. Er geht dort immer ein paar Schritte auf und ab und bleibt dann auf der Brückenauffahrt stehen.

Weit und breit kein Mensch zu sehen.

Da kommt auf meinem Schleichweg eine Frau mit einem Kinderwagen und einem Kind darin an mir vorbei und marschiert entschlossen auf die Brücke zu.

Ich bin gespannt. Was wird das geben? Ich folge ihr langsam mit 50 Meter Abstand.

Sie trifft auf den Posten und zeigt nach drüben. Auf der anderen Seite sind noch die Amerikaner.

Sie will anscheinenend über die Brücke.

Der Posten wehrt ab.

Sie fuchtelt verzweifelt mit den Händen.

Ich komme interessiert näher.

Der Posten schreit: *„Njet, njet!"*

Sie bettelt, faltet dabei wie eine Betende die Hände. Ihr Gesicht wirkt jammervoll.

Der Posten wird wütend und schreit wieder sein hartes: *„Njet,* du weg!"

Sie versucht es ein letztes Mal, klingt noch etwas kläglicher.

Da greift er sich die Frau, faßt ihr unter den Rock und grapscht ihr an die Brüste. Sie schreit, das Kind schreit. Sie reißt sich los. Er lacht wild und tierisch, als sie mit dem Kinderwagen auf mich zuläuft.

Sie tut mir sehr leid, das Kind ist noch klein.

Ich sage zu ihr: „Warten Sie, warten Sie! Ich versuch's mal, ich kann etwas Russisch."

Sie weint und stammelt: „Ich muß rüber auf die andere Seite, zu meinen Eltern. Meinen Mann haben sie verhaftet und die Wohnung belegt. Ich weiß nicht, wo ich sonst mit dem Kind bleiben soll."

Ich versuche sie mit Worten zu trösten. Aber da sie von mir, einem kleinen Jungen, kommen, wirken sie wahrscheinlich auf sie nicht sehr überzeugend.

Das spornt mich an. Ich sage zu ihr mit möglichst tiefer Stimme: „Ich red' mal mit dem Posten" und gehe gespielt lässig, wie ein Erwachsener, auf den Rotarmisten zu.

Der brüllt: „*Stoi*, wohin?"

Ich spreche ihn auf russisch an: „*Towarischtsch*, laß doch die arme Frau rüber, sie will zu Papa und Mama."

Er ist über mein Russisch erstaunt. Ich komme bis auf einen Meter an ihn heran.

Er sagt nicht mehr ganz so barsch:

„Ich *njet* gesagt, weil ich Befehl. Keiner darf Brücke passieren. Nur mit Passierschein und Stempel von Kommandatura. Du kapiert?"

Ich: „Aber *Towarischtsch*, wenn du sie rüberläßt, sieht das doch keiner. Sie ist doch eine arme Frau. Sie ist ungefährlich, sie hat noch nicht mal was zu essen für sich und das Kind. Du hast doch ein Herz!"

Dabei blicke ich starr in seine mongolischen Augen, um die Reaktion auf meine Worte mitzubekommen.

Ich denke: Ich muß das schaffen.

Er bleibt stumm und sagt nichts mehr.

Dann fragt er plötzlich : „Du Zigaretten?"

Und ich bedauernd: „Nein, leider!"

Er: „Hat sie Wodka?"

Ich rufe: „Er will Schnaps!"

Sie schüttelt traurig den Kopf.

Der Sowjet-Posten beginnt, sich nachdenklich eine Zigarette zu drehen, dabei klemmt er seine MPi zwischen die Knie. Ich aber weiche nicht. Ich muß der Frau mit dem Kind helfen.

Nachdem er sich die Zigarette angezündet und ein paar Züge gemacht hat, sage ich: „Komm, laß sie rüber, es sieht wirklich keiner!"

Zu meiner Freude zögert er.

Dann sag' ich: „Du bekommst auch meine Uhr." Und ich mache meine Armbanduhr ab und reiche ihm den wertvollsten Besitz, den ich habe: eine alte, viereckige Armbanduhr, die mir mein Vater zum letzten Geburtstag geschickt hat.

Er reißt sie mir fast aus der Hand, schaut sie sich an, scheint nicht begeistert.

Plötzlich sagt er: „Ich muß aus der Hose. Pinkeln, du verstehen? Ich mal unter die Brücke." Dabei zwinkert er mir mit dem Auge zu.

Langsam begreife ich.

Er knöpft sich im Gehen die Hose auf. Ich aber winke der Frau, sie soll kommen. Sie traut sich nicht; sie bewegt sich nicht. Ich laufe auf sie zu, rufe: „Los rüber, schnell!"

Sie ist unentschlossen.

Da schiebe ich sie vorwärts, und sie schiebt den Kinderwagen.

Wir laufen über die Rampe. Ich zische: „Los, laufen, lauf zu!"

Und sie schaut auf das andere Ufer und rennt mit ihrem Kinderwagen los.

Der Posten nestelt an seiner Hose. Ich traue ihm nicht. Hoffentlich kommt er nicht.

Die Kinderwagenräder klappern auf dem Fahrbelag der Brücke.

Ich stehe und blicke bangend der rennenden Frau hinterher.

Der Posten läßt sich, gottlob, Zeit Er ist noch nicht ganz fertig, er dreht mir den Rücken zu.

Die Frau ist fast drüben, als er langsam raufkommt und belustigt fragt:

„Wo ist Frau mit Kind?"

Und ich sage: „Die ist weggelaufen!"

Und er fragt *nicht* wohin.

Ich blicke ihm ins wettergegerbte Mongolengesicht und sage: *„Spassibo,* danke!" Dann gehe ich.

Nach ein paar Schritten ruft er mir nach und winkt mich zurück.

Ich denke, jetzt kommt etwas Unangenehmes. Aber er grinst und reicht mir meine Uhr zurück.

„Da nimm!" Dabei entblößt er seinen linken Unterarm und zeigt mir fünf Armbanduhren in Gold und Nickel.

Er meint: „Genug!"

„Hast du große Schwester? Schick sie mir her, sie kriegt von mir schönste Uhr."

Ich lache und rufe ihm zu: *„Do swidanje!"* und mache mich auf den Heimweg.

Unterwegs denke ich über den Vorfall noch lange nach und versuche zu begreifen, warum er mir wohl meine Uhr zurückgegeben hat.

Vielleicht hat er sie schon als sein Eigentum betrachtet und hat sie wieder verschenkt. Auf jeden Fall habe ich meine Uhr wieder – und der Frau habe ich mit der Uhr auch geholfen!

Der kleine Samariter

Wir erleben die ersten heißen Tage in diesem Sommer: 27 Grad im Schatten! Man lebt nach dem miesen Wetter und der Kälte richtig auf.

Fast jeden Tag finden Ereignisse statt, die sich in mein Gedächtnis eingraben – manchmal recht erschütternde. Ich beginne, die Erwachsenen immer besser kennenzulernen – mal auf die eine, mal auf die andere Weise.

Eines Vormittags stürzt eine Nachbarin ins Treppenhaus und ruft: „Alle mal herhören, alle mal herhören!" Die Türen gehen auf. Aus allen Wohnungen kommt jemand heraus und hört gespannt, was die Nachbarin zu berichten hat.

„Auf dem Güterbahnhof haben sie einen ganz vollen Lazarettzug mit Schwerverwundeten abgestellt. Ein grauenhaftes Elend! Wir müssen hin und helfen. Essen, Trinken, Verbandzeug! Der Zug bleibt mindestens bis 4 Uhr. Bitte, kommt mit raus! Jeder nimmt mit, was er hat!"

Die Hausbewohner erklären sich sofort bereit zu helfen. Unsere Wirtin macht Kartoffelsalat, Mutter backt Kuchen aus dem Mehl, das ich „organisiert" habe, und ich mache Holunderlimonade und Pudding mit Sirup.

Andere Frauen aus dem Haus tun sich zusammen, rennen zum Bäcker gegenüber und verlangen für den guten Zweck Extrabrot.

Als der Bäcker sich sträubt, treten die Frauen ihre Ration für den kommenden Tag ab. Daraufhin erhalten sie drei Brote und können es, im Laufschritt zu Hause wieder angekommen, in Scheiben aufschneiden. Aber der Belag fehlt.

Das kriegt mein Freund Rolf mit. Er verschwindet kurz und kommt mit einer großen Kilogramm-Büchse Leberwurst zurück.

Er sagt: „Schönen Gruß von meiner Mutter. Die Büchse hatten wir eigentlich für meinen Bruder aufgehoben. Jetzt, wo er gefallen ist, brauchen wir sie nicht mehr."

Als die Frauen die Brote schmieren, bemerke ich, wie Rolf das Wasser im Munde zusammenläuft. Ich frage ihn naiv: „Wieso habt ihr die Büchse nicht mehr gebraucht?"

Die Hausgemeinschaft verabredet einen gemeinsamen Abmarsch zum Lazarettzug um 1 Uhr.

Wir Kinder holen die Handkarren aus dem Schuppen hervor. Alles, was vorbereitet worden ist, wird aufgeladen.

Wir ziehen in einer kleinen Kolonne los und sind fest entschlossen, uns von keinem Posten aufhalten zu lassen.

Wir begegnen jedoch keinem – es ist wohl zu heiß.

Probleme bereiten uns aber die Eisenbahnschienen. Die Wagen müssen mühsam hinübergehoben werden. Da wir von den kostbaren Getränken keinen Tropfen verschütten wollen, nehmen wir die Getränkekannen vorher herunter und transportieren sie vorsichtig einzeln über die Schienenstränge.

Der Zug steht nicht an einem Bahnsteig, sondern auf offenem Bahngelände. Die Sonne brennt auf die Waggondächer, die provisorisch mit roten Kreuzen auf weißem Feld bemalt worden sind.

Wir erreichen den Zug am hinteren Ende. Dort haben sich schon andere Frauen aus der Stadt versammelt. Sie schenken Tee aus und rufen uns zu, wir sollen weiter nach vorne gehen. Dort sei noch niemand, der helfen könnte.

Ich sehe nur Männer mit Verbänden am Kopf und am Leib sowie an Händen und Füßen. Es riecht übel nach Eiter und Schweiß. Die meisten Wundverbände sind durchgeweicht und verklebt.

Ich mache mich daran, unsere Verbandspäckchen aus dem Luftschutzkeller zu verteilen.

Hände strecken sich mir entgegen. Aber ich bin zu klein, um das Verbandszeug hochreichen zu können. Also, ich will helfen. Aber wie?

Ich überwinde meinen Ekel, steige in den Waggon. Vor mir ein grauenhaftes Bild: Viele Verwundete liegen mit blutgetränktem Verband auf dem Boden.

Ich reiße mich zusammen, verdränge den Gestank, und den Anblick der verwundeten Gestalten und teile aus, was ich habe: hier, da und dort. Wortlos die Reaktionen – nur stöhnende Laute.

Dazwischen höre ich die Frauen, die draußen Getränke anbieten.

Ich komme nicht weiter durch. Ich müßte über die Liegenden steigen. Dazu fehlt mir der Mut.

Wo soll ich mit meiner Hilfe anfangen?

Ich bin wie gelähmt, und meine Schachtel mit den Verbandspäckchen ist fast leer.

Da sehe ich einen Verwundeten an der Toilettentür stehen. Er hat seine Hände erhoben, beide sind stark bandagiert – bis hinauf zum Ellenbogen. Er sieht mich flehentlich an und sagt:

„Ich muß aus der Hose, bitte hilf mir!"

Meine Schüchternheit ist plötzlich fort, meine Hemmungen wie weggeblasen.

Ich ziehe ihm die Hosenträger von den Schultern, knöpfe ihm die Uniformhose auf, die Hose sinkt zu Boden, und ich kann gerade noch die Toilettentür öffnen, da sitzt er schon auf dem Klo und erleichtert sich mit erhobenen Händen.

Dann sagt er: „In meiner Hosentasche ist noch ein Stück Zeitung zum Abwischen."

Und ich wische ihn ab und ziehe seine Hose wieder hoch. Dabei denke ich, das ist auch nicht viel anders als bei meinem kleinen Bruder, wenn der mal muß.

Ich sehe ihn an – er ist höchstens fünf Jahre älter als ich – und frage: „Wie kannst du denn ohne Hände essen und trinken"?

Er zuckt verbittert die Schultern.

„Also füttert dich ein Kamerad?"

Er zuckt wieder die Schultern.

„Wie ist das mit den Händen passiert?"

„Ich sollte eine Schützenmine entschärfen, lag auf dem Bauch, hatte es schon fast geschafft, da gab es vor mir einen Granateinschlag, und die Mine ging durch die Erschütterung hoch. Ich hab an beiden Händen Finger verloren; wie viele, weiß ich nicht."

Wenn ich mir seine Armstümpfe so ansehe, sind da

bestimmt überhaupt keine Finger mehr dran.

„Warum mußtest du die Mine entschärfen?"

„Weil ich sie selber dort verlegt hatte."

„Warum – nur eine?"

„Das macht man, wenn man sich sichern will, damit man nachts nicht vom Iwan überrumpelt wird. Ich fasse nie wieder eine Mine an, das schwör' ich!"

Ich denke: Ohne Finger geht das auch nicht.

Kaum gedacht, schäme ich mich. Verlegen frage ich: „Wo kommt ihr her?"

„Ich weiß es nicht genau, ich war längere Zeit weggetreten."

„Wohin werdet ihr gebracht?"

„Weiß Gott, wohin."

Das Wort Gott höre ich in diesem Elend zum ersten Mal. Könnte Er helfen, wenn er wollte? Mir bleibt wenig Zeit, darüber nachzudenken. Ich muß helfen, denn im Waggon herrscht eine entsetzliche Hitze und eine entsetzliche Luft.

Mein neuer Freund klagt über Durst. Ob ich ihm was zu trinken reichen könnte? Ja, aber wie?

Er hat sich auf den Deckel der stinkenden Toilette gehockt und verzieht öfter sein Gesicht. Ich glaube, er hat Schmerzen.

Immer, wenn er das Gesicht verzieht, hebt er die bandagierten Arme in die Höhe.

Ich gieße in den Schraubdeckel meiner Kanne meine Holunderlimo und halte sie ihm an den Mund.

Er schlürft sie gierig aus. Danach noch einmal dasselbe.

Ich überlege dabei, wie er wohl ohne Hilfe trinken könnte. Dann frage ich: „Hast du eine Feldflasche?"

Er sagt: „Nein, ich habe nichts; nur das, was ich anhabe."

Ich sage: „Zu Hause hab ich eine, ich müßte sie holen!"

Er weiß, wie wichtig die flache Form der Flasche für ihn ist, und sagt: „Wenn du sie holst, geb' ich dir auch ein Geschenk. Aber du mußt dich beeilen!"

Ohne lange zu überlegen, lasse ich meine Kanne stehen und laufe los.

Laufschritt, Indianertrab – hundert Meter laufen, hundert Meter gehen, im Wechsel.

Ich haste, ich eile, und da fällt mir ein, daß er ohne Gürtel die Flasche nicht gebrauchen kann.

Ich schaffe den sonst halbstündigen Weg in knapp 15 Minuten, schnappe mir meine Feldflasche, auf die ich so stolz bin. Man kann sie sich bei Ausflügen ans Koppel hängen. Ich will wieder loslaufen, da fällt mir ein, er braucht einen Gürtel. Und so ziehe ich meinen Hosengürtel heraus, nehme eine Schnur an Stelle des Gürtels und renne los.

15 Minuten im Indianertrab, ich schaffe es.

Aber sie haben schon eine Lokomotive angehängt.

Ich suche den Waggon, finde ihn, steige ein.

Da sitzt er – so, wie ich ihn verlassen habe. Vor ihm meine Kanne.

Ich rufe ihm zu: „Hier!" und reiche ihm die Feldflasche mit eingezogenem Gürtel. Er umfaßt sie mit seinen Stümpfen.

Gespannt sehe ich ihn an, stolz über meine sportliche Leistung.

Er kriegt feuchte Augen und stammelt „Danke!"

Ich fülle den Holundersaft in die Feldflasche, und ich hänge sie ihm um den Hals. Dann versucht er, mit den Armstümpfen sich die Flasche zum Mund zu führen; er kann sie aber nicht kippen, die Flasche rutscht weg.

Ich begreife schlagartig, daß er ein Saugrohr braucht. Etwa einen Schlauch oder ein Rohr. Aber woher nehmen auf die Schnelle?

Er müßte den Holundersaft ansaugen!

Ein Gedankenblitz! Holunder, ja, Holunderzweige sind hohl.

Wenn ich ein Stück Holunderzweig aushöhle, das Mark herausdrücke, hätte ich ein Saugrohr.

Wo steht ein Holunderbusch – wo?

Ich blicke aus der offenen Waggontür. Es ist wie ein

Wunder – dort, weit hinten am Bahndamm steht ein Holunderbusch.

Taschenmesser raus, hoffentlich ist das auch ein Holunderbusch, das kann man zu dieser Jahreszeit nur aus der Nähe erkennen.

Ich laufe los, mein verwundeter Freund schaut mir erstaunt hinterher.

Die Lokomotive dampft und zischt.

Ich erreiche den Busch. Welch ein Glück – ja, es ist ein Holunderbaum.

Ich finde ein Stück Draht, schneide ein trockenes, kurzes Stück Rohr ab und steche mit dem Draht die Seele heraus.

Schwierig, aber ich schaffe es.

Und jetzt zurück.

Ich stecke ihm das Rohr in die Feldflasche, er staunt und versucht zu saugen und kriegt Flüssigkeit in den Mund, verschluckt sich, aber sein Gesicht – er hat auch im Gesicht was abgekriegt – strahlt.

Ich fühle, er hat wieder Hoffnung, und dann sagt er: „Faß in meine rechte Hosentasche!"

Ich hole ein Band – schwarz-weiß-rot – und ein schwarzes Kreuz heraus.

Er fragt: „Weißt du, was das ist?"

Ich: „Ein EK."

Er: „Ja, ein Eisernes Kreuz 2. Klasse. Das gehört dir,

ich schenke es dir für die Feldflasche.

Ich: „Nein, das geht nicht. Das kann ich nicht annehmen. Das hast du für Tapferkeit vor dem Feind erhalten."

„Ach was, nimm es!"

Ich schüttele den Kopf und will es ihm in die Tasche zurückstecken – da fährt der Zug an.

Er ruft: „Du mußt raus!"

Ich springe aus der offenen Tür, und der Orden fällt in den Schmutz auf dem Bahndamm.

Er winkt mit beiden Armstümpfen, und ich hebe sein EK auf. Ich kann es nicht fassen, er will es nicht mehr haben, er ist auch nicht stolz darauf.

Ich schaue auf den Orden in meiner Hand. Er ist ihm für Tapferkeit verliehen worden, anscheinend will er nicht mehr tapfer sein.

Mit meinem Taschentuch reinige ich das Kreuz, aber das schwarz-weiß-rote Band kriege ich nicht sauber. Es bleibt schmutzig.

Es gibt nichts umsonst

Es ist Sommeranfang.

Langsam haben wir alle begriffen, daß der Krieg endgültig vorbei ist.

Die Erwachsenen machen trotzdem einen leicht verstörten Eindruck, aber sie gewöhnen sich allmählich an die sowjetische Besatzung.

Die Ausschreitungen nehmen ab, aber die Schwierigkeiten mit der Kommandatur nehmen zu. Sie übt auf brutale Weise Einfluß auf unser tägliches Leben aus. Eigentum wird in Frage gestellt; Verhaftungen sind an der Tagesordnung, und die Menschen werden noch schweigsamer und vorsichtiger. Wenn meine Mutter Übersetzungen ins Russische für verzweifelte Bittstellter macht, sagt sie gelegentlich: „Die nächste Flut ist im Anrollen."

Sie nimmt kein Geld für die Übersetzungen, sondern verlangt Naturalien, und aus Dankbarkeit bringen ihr die Leute auch jedesmal etwas mit. Mal dies, mal das. Das mildert bei uns Kindern unseren ständigen Hunger.

Eines morgens wird sie zum Dolmetschen aufs Stadthaus gerufen.

Kaum ist sie gegangen, erscheint eine Bekannte unserer Wirtin und fragt nach meiner Mutter. Sie soll in den Wohnblocks neben der Kaserne dolmetschen.

Aber Mutter ist nun mal nicht da, es geht also nicht.

Die Frau ist ratlos, sie macht einen etwas verzweifelten Eindruck.

Sie heißt Frau Schön, und sie ist schön! Eine hübsche Frau, in meinen Augen eine echte deutsche Frau!

Sie erinnert mich etwas an meine Mutter, nur daß ihr blondes Haar länger ist, nicht onduliert, statt dessen zu einem Knoten zusammengebunden – und sie ist eine Dame.

Mir tut sie leid. Daher biete ich ihr in meiner Naivität an, mit dem bißchen Russisch, das ich kann, auszuhelfen.

Sie geht zögernd und mich skeptisch musternd darauf ein, aber ich stelle gleich die Bedingungen wie Mutter: „Nur gegen Naturalien – Brot, Konserven und so was."

Frau Schön lächelt über meine Geschäftstüchtigkeit und sagt es mir zu.

Ich folge ihr bereitwillig.

Sie geht mit schnellem Schritt, so daß ich nicht immer mitkomme und teilweise hinter ihr herlaufe. Dabei stelle ich bewundernd ihre weiblich grazilen Bewegungen fest. Schlanke Beine, schöner Po!

Dann erklärt sie mir mit warmer, trauriger Stimme die Situation, und ich fühle mich mächtig geehrt – sie behandelt mich wie einen Erwachsenen, wie einen Mann.

Soweit sie den Sergeanten vom Stabe verstanden hat, werden die Wohnungen gegenüber der Kaserne für sowjetische Offiziere gebraucht, die Deutschen sollen raus.

Während der Schilderung kommt ihr ihre Lage wieder voll zum Bewußtsein, und verzweifelt ruft sie aus: „Wo sollen wir denn hin?"

Ich antworte nicht. Aber ich nehme mir vor, so gut es geht, mit dem Sergeanten zu verhandeln.

Als wir uns den Wohnblöcken nähern, sehen wir einen Sowjetsoldaten, der auf einem Fahrrad wild hin- und herschaukelt. Vermutlich sitzt er das erste Mal auf einem Rad und versucht krampfhaft, das Gleichgewicht zu halten und geradeaus zu fahren.

Frau Schön lacht und sagt erregt: „Das ist er, das ist Pawel! Mit ihm mußt du reden und uns dann berichten, was er gesagt hat."

Durch ihre erneute Aufforderung fühle ich mich in meinem Selbstbewußtsein bestärkt und rufe dem Iwan gänzlich unbefangen einen Gruß zu.

Er stutzt und ruft erstaunt: „Du kannst Russisch? Na, gut, gut, ausgezeichnet! Dann komm gleich mit!" Er schmeißt das Fahrrad einfach auf die Straße, schnappt mich an der Schulter, winkt Frau Schön zu, und wir gehen in den ersten Hauseingang.

Frau Schön bleibt zurück.

Pawel ist ein gutaussehender, blonder Hüne mit lockiger Haarpracht, voller Übermut und Kraftüberschuß. Während wir ein Haus nach dem anderen abklappern, springt er mal über den Gartenzaun, mal rutscht er das Treppengeländer herunter. Wenn er an die Türen hämmert und eine Frau aufmacht – was meistens der Fall ist –, ruft er: „Du, liebe Mutti, du, liebe Mutti, keine Angst, keine Angst!"

Und dann muß ich übersetzen: „Die Wohnung wird für Offiziere der Roten Armee benötigt, räumen Sie die Wohnung innerhalb 24 Stunden, bis morgen mittag. Sie können alles hierlassen, alles stehen lassen. Sie können bald wiederkommen."

Unter den Bewohnern, die öffnen, beginnt dann regelmäßig ein Jammern und Wehklagen.

„Wo sollen wir denn hin? Im Ort hat keiner mehr Platz! Es ist doch alles an Flüchtlinge vergeben!"

Und Pawel antwortet jedesmal verharmlosend lächelnd: „Macht nichts, wird schon gehen. Ihr müßt raus, bis morgen 12 Uhr!"

Ich stehe meistens hinter ihm, aber weil ich übersetze, bin ich anscheinend der Schuldige, der diese Ungeheuerlichkeit verlangt. Sie schreien und fauchen mich an: „Sag ihm ..., du Bastard! Weißt du nicht ...?" Aber ich, ich übersetze doch nur! Sie aber tun so, als ob ich zu diesem Iwan gehörte. Ich bin aber ein Deutscher, wieso sehen sie das nicht?

Ich werde immer kleinlauter.

Wir klappern drei Häuser ab. Es sind mindestens 15 Wohnungen betroffen. Und dann fange ich an und erkläre Pawel mühsam, daß die Leute wirklich nicht aus den Wohnungen herauskönnen; sie müßten sonst im Freien übernachten. Es ist in der ganzen Stadt weit und breit keinerlei Wohnraum mehr vorhanden. Selbst die Schulen sind mit Flüchtlingen belegt.

Ich frage ihn, warum jeder sowjetische Offizier eine ganze Wohnung braucht; zwei Zimmer mit Badbenutzung müßten doch eigentlich für jeden genügen, oder? Dann könnten die Bewohner in den Wohnungen bleiben und würden die Offiziere sogar noch versorgen und bedienen.

Dieser Gedanke scheint ihm zu gefallen: Bedienung durch die Deutschen! Nicht schlecht!

Er sagt nicht *„njet"*, sondern sagt: „mal sehen!"

Ein Jeep und ein LKW fahren vor, und schon ist Pawel, der slawische Siegfried, gefragt.

Drei Offiziere gehen ihn von allen Seiten an. Sie schreien auf ihn ein, fuchteln mit den Armen, und er sagt, bedrängt von den Offizieren zu mir:

„Los, wir nehmen die Wohnung unten links, gegenüber von Frau Schön."

Ich verstehe nicht ganz, aber er drückt mir einen Schlüssel in die Hand und sagt: „Schließ sie auf!"

Die Wohnung scheint leer zu sein, die Offiziere stürmen gleich hinein.

Zwei ältere deutsche Männer laden ein großes Bierfaß vom LKW ab und rollen es mühsam in den Hauseingang.

Pawel geht das nicht schnell genug. Er tritt beiden brutal mit seinem Stiefel in den Hintern und schreit: „Schneller, ihr Nazischweine! *Dawai, dawai!"*

Als das große Faß endlich in der Wohnung steht, bemerkt Pawel, daß der Hahn am Faß fehlt.

Ich sage ihm, daß man zum Bierzapfen einen Hahn und einen Hammer zum Reinschlagen braucht.

Er sieht sich kurz um, findet nichts, und ich schaue ganz verblüfft zu, was er tut: Er läßt das Holzfaß in die Badewanne heben, zückt seine Pistole und schießt mit ohrenbetäubendem Knall mehrfach auf den Faßboden.

Die Offiziere grölen, das Bier spritzt aus allen Löchern.

Dann holt Pawel Tassen aus dem Schrank, schöpft das Bier aus der Badewanne und serviert die schäumende Brühe den Offizieren.

Keiner außer mir sieht den schmutzigen Seifenrand in der Badewanne.

„*Na sdorowje!* Prost!"

Pawel holt eine Flasche Schnaps hervor – er organisiert anscheinend alles – und stellt sie den Offizieren hin. Sie schenken ihn ebenfalls in die Tassen ein.Und dann trinken sie, abwechselnd mal aus der Badewanne, mal aus der Flasche.

Pawel ist sichtlich zufrieden und sagt zu mir:

„Wir gehen zu Frau Schön rüber, die können alleine weitersaufen."

Ich denke, eigentlich mag ich diesen Iwan, er ist so unkompliziert.

Frau Schön öffnet und beginnt gleich zu reden:

„Pawel, ich möchte in meiner Wohnung bleiben, ich muß doch nicht raus, oder ...?"

Ich übersetze.

„Du kannst bleiben, aber für mich ein Zimmer, verstanden? Ich muß bei Offizieren sein, die wohnen vis-à-vis, klar?" Und er faßt ihr ins Haar, ihr Knoten löst sich auf. Er greift sie am Arm, zieht sie mit.

„Welches Zimmer kriege ich?" grölt er lachend.

Er zieht sie über den Flur ins Hinterzimmer und schließt sie ein.

Dann springt er auf mich zu und sagt hastig: „Paß auf, daß niemand reinkommt!"

Frau Schön hämmert gegen die Tür und ruft: „Pawel, mach auf!"

Pawel zieht in seinem Übermut seine Pistole aus der Tasche, drückt sie mir in die Hand und ruft: „Hier, halte Wache!"

Ich bin so überrascht, daß ich kein Wort herauskriege, er aber verschwindet im Hinterzimmer.

Ich stehe da und halte das Ding wie ein heißes Eisen. Aus dem Zimmer höre ich Schreie, Gepoltere.

Ich ahne, was das bedeutet, ja, ich kann mir gut vorstellen, was dieser Wüstling mit der Frau Schön anstellt.

Ich bin so erschrocken und entsetzt. Ich muß was tun, und ich hämmere mit der Pistole gegen die Tür:

„Mach auf, du Hund, mach auf!"

Nichts rührt sich. Die Geräusche verstummen.

Ich gebe auf.

Nach einer Weile schließt er die Tür auf und kommt heraus, wobei er sich die Hose zurechtzieht.

Ich richte die Pistole auf ihn, sage haßerfüllt: „Du hast ihr wehgetan!"

Er grinst, zeigt mir das Magazin, das er vorher entnommen hatte.

Ich schmeiße ihm die Pistole vor die Füße, und mir treten vor Wut die Tränen in die Augen. Da kommt Frau Schön heraus, stellt sich vor den Spiegel, steckt das Haar zu einem Knoten fest. Ich frage sie ängstlich: „Hat er Ihnen was getan? Sie haben so geschrien!"

Sie sagt: „So, hab ich das? Ich kann mich gar nicht erinnern."

Und dann lenkt sie schnell ab und sagt: „Hier ist ein ganzes Brot und Marmelade für dich!"

Als ich heimgehen will, läßt sie mich hinaus und sagt noch etwas verlegen: „Erzähl es nicht rum, ich will doch nur in der Wohnung bleiben."

Auf dem Heimweg denke ich verbittert: Eigentlich wollte keiner meine Hilfe, weder die Bewohner noch Frau Schön, aber wenigstens hab' ich Brot bekommen.

Wer erbarmt sich meiner?

Fahrradfahren ist nicht so einfach, man muß immer treten, dabei das Gleichgewicht halten und dann auch noch lenken, um geradeaus zu fahren.

Für ein Herrenrad bin ich noch zu klein; ich reiche, wenn ich über die Stange steige, nicht ganz bis zu den Pedalen runter, also muß ich möglichst ein Damenrad zum Üben haben.

Frau Bach hat neben der Waschküche einen Abstellraum, dort stehen ihre Fahrräder: ein Herrenrad und ein Damenrad. Ich versuche unter Einsatz meines ganzen Charmes sie oftmals zu überreden, daß sie mir ein Fahrrad zum Üben ausleiht.

Manchmal läßt sie sich von meiner Bettelei erweichen und sagt dann großzügig: „Schon gut, Junge, nimm das Herrenrad von meinem Mann."

Natürlich wäre mir das Damenrad lieber, aber das kann sie ja nicht wissen. Sie kennt ja nicht mein

Problem. Ich bin zwar selig, daß ich Fahrrad fahren darf, aber das Herrenrad bedeutet, daß ich ein Bein unter der Stange hindurchstecken muß, um die Pedale zu erreichen, und beim Fahren gibt es eine Schieflage. Auf dem Sattel kann ich natürlich auch nicht sitzen, aber trotzdem macht es Spaß, Fahrrad fahren zu üben.

Ich weiß, daß Frau Bach mich meist vom Küchenfenster aus beobachtet, wie ich auf dem Hinterhof übe. Wenn es mir gut gelingt, bin ich jedes Mal ganz stolz, und gebe mir dann noch größere Mühe.

Ich bin sicher, daß ich schon hundert Meter radeln kann. Aber um das auszuprobieren, müßte ich es mal auf dem Jacobsplatz versuchen, denn der Hinterhof ist nicht groß genug. Dieser Gedanke geht mir schon seit Tagen nicht aus dem Sinn.

Heute will Frau Bach gerade ihr Damenrad aufpumpen, als ich dazukomme. Sie sagt: „Na, ich weiß schon, du willst wieder üben. Ich muß jetzt was besorgen fahren. Aber nimm dir nur für eine Viertelstunde das Herrenrad. Du stellst es anschließend wieder in den Abstellraum."

Sie nimmt ihr Rad, sitzt auf und fährt los.

Ich denke: „Das ist die Gelegenheit! Also nichts wie weg zum Jacobsplatz!"

Ich schiebe das Rad durch den Hausflur, keiner

bemerkt es, und dann vor der Haustür mein erster Versuch. Wie weit komme ich? Es klappt ganz gut.

Ich fahre auf dem Bürgersteig, und sobald sich ein Mensch nähert, steige ich ab. Aber das Anfahren mit dem Bein unter der Stange ist jedesmals schwierig, und Kurvenfahren krieg ich noch nicht hin.

Aber ich schaffe es schon bis zum Schuhladen, das sind bestimmt mehr als hundert Meter!

Ich will es gleich noch einmal probieren, doch langsam werden mir die Knie weich. Ich schaukele immer mehr – und dann, o Schreck!, dann komm ich vom Bürgersteig ab, gerate in die Straßenrinne und stürze.

Ich liege unter dem Rad, mein Bein ist noch unter der Stange eingeklemmt, das Knie brennt, und ich komme nicht hoch.

Stöhnen hilft auch nichts. Ich versuche erneut, hoch zu kommen. Nur nicht weinen! Aber, so sehr ich mich auch mühe, es geht nicht.

Da hält ein Jeep an. Ein sowjetischer Offizier steigt aus und hilft mir auf die Beine. Er sagt auf deutsch: „Na, wie ist denn das passiert? Du kannst doch Rad fahren, oder nicht?

Ich staune über sein Deutsch und antworte ganz geknickt: „Ja, ich kann Rad fahren, aber auf einem Damenfahrrad, mit dieser Stange komme ich nicht zurecht."

Er lächelt und sagt: „Als ich klein war, ging mir das auch so. Also müssen wir das ändern."

Ich weiß nicht, was er damit meint.

Er holt eine Mullbinde aus seinem Jeep und wickelt sie mir um mein Knie. Dazu muß ich meinen Fuß auf den Jeeprand heben, das tut weh.

Er aber sagt: „Ich glaube, es ist nichts gebrochen, nur eine Hautabschürfung."

Auf dem verletzten Bein kann ich kaum stehen; unser Hauseingang ist ganz in der Nähe, und der nette Offizier – er scheint was Höheres zu sein, denn er hat goldene Schulterstücke mit zwei Sternen – stützt mich mit der einen Hand, und mit der anderen schiebt er das Fahrrad.

Plötzlich hält er an und tritt mit dem Rad auf die Straße. Ich bin gespannt, was passiert.

Es kommt ihm ein Mann mit einem Rad entgegen; er hat einen Sack Kartoffeln in der Mitte seines Rades aufgeladen.

Der Offizier hält den Mann an und sagt mit seinem Akzentdeutsch: „Sie sind ein Mann und brauchen ein Männerfahrrad, dieser Junge aber ist noch klein und kommt mit einem Herrenrad nicht zurecht. Er braucht ein Damenrad. Er ist gerade gestürzt. Also, wir tauschen. Geben Sie mir Ihr Damenrad, hier ist das Herrenrad; da paßt ihr Sack auch dazwischen."

Der Mann bringt vor Angst kein Wort heraus.

Ich sehe, wie er ungläubig den sowjetischen Offizier anblickt. Er wagt keine Widerworte, lädt den Sack mit Kartoffeln ab und übergibt dem Offizier das Damenrad. Noch erstaunter ist er, als er im Gegenzug das Herrenrad erhält. Wortlos lädt er seinen Sack unter die Stange auf die Pedalen und macht sich eilig davon.

Ich denke: Kein Wunder, daß er nichts gesagt hat! Wahrscheinlich hatte er Angst gehabt, ganz ohne Rad weiterfahren zu müssen.

Aber auch ich bin sprachlos, denn mir schwant Übles. Der Offizier übergibt mir jedoch sehr stolz und zufrieden (man merkt es ihm richtig an) das Damenrad und sagt: „Gerechter Ausgleich! Damit kann dir nichts mehr passieren. Wir wollen nur noch den Fahrradsitz etwas tiefer einstellen." Und er holt aus der Satteltasche einen Schlüssel hervor und dreht mir den Sitz zehn Zentimeter runter.

Als er merkt, daß ich hinke, weil mir das Knie weh-tut, sagt er: „Komm, ich bringe dich nach Hause. Wo wohnst du?"

Und wir gehen, das Damenrad schiebend, die paar Schritte bis zu unserem Haus. Die Tür geht auf. Meine Mutter steht vor mir und ruft: „Was ist passiert?"

Der sowjetische Offizier antwortet ihr, und sie staunt nicht schlecht und bedankt sich auf russisch für die Erste Hilfe, die er ihrem Sohn geleistet hat. Da staunt wiederum der Sowjet. Er stellt sich als Pawel Dimitriwitsch vor.

Es ergibt sich zwischen den beiden ein Gespräch, das sich um Übersetzungen dreht. Der Offizier will Mutter ein Wörterbuch vorbeibringen. Er berichtet, daß er von Beruf Lehrer am Gymnasium gewesen sei und Deutsch unterrichtet habe. Er sei nur Reserveoffizier. Wir stehen noch immer im Treppenhaus.

Ich merke, daß meine Mutter Bedenken wegen der anderen Hausbewohner hat. Sie möchte den Offizier jetzt loswerden. Sie sagt: „Jetzt stelle ich erst einmal das Fahrrad weg."

Und sie begreift nicht, woher auch?, daß das Rad nicht Frau Bach gehört.

Ich aber schweige wie ein Grab – auch in den kommenden Tagen.

Mein Knie heilt langsam. Die Wunde ist nur noch mit Schorf bedeckt. Gehen kann ich schon wieder, ohne zu hinken.

Irgendwann sagt Frau Bach beiläufig, was mich natürlich aufhorchen läßt: „Irgend jemand muß die Räder vertauscht haben. Anstelle des Herrenrades steht jetzt ein Damenrad im Abstellraum. Wir müssen besser aufpassen und auf den Verschluß achten, sonst sind wir die Räder bald los."

Frau Bach ist manchmal eine herzensgute Frau, aber manchmal ist sie ein Biest. Meine Mutter gibt sich als Untermieterin große Mühe, mit ihr zurecht zu kommen. Aber dennoch, vor allem in der Küche, gibt es öfters Stunk. Dieses paßt ihr nicht, das ist nicht richtig, und jenes liegt am falschen Platz usw.

Na, und da meine Mutter auch nicht auf den Mund gefallen ist und sich nicht alles gefallen läßt, gibt es eben hin und wieder Krach. Was mich aber wundert, ist, daß sie sich am nächsten Tag wieder vertragen.

Ich habe vor dieser Frau Bach Respekt. Sie war eine gute Sportlerin. Sie spielte in einer Hockeymannschaft als Stürmerin und kann unglaublich schnell laufen. Einmal hat ein Junge eine Fensterscheibe in der Waschküche im Hof eingeworfen, und sie hat ihn dabei erwischt. Er ist abgehauen, aber sie hat ihn schon nach 50 Metern eingeholt.

Diese Frau ist tüchtig, aber man muß sich vor ihr in acht nehmen. Manchmal ist sie jedoch auch sehr nett. Wenn sie von ihrer Hamstertour zurückkommt, gibt sie uns immer etwas ab. Wofür ihr unsere Mutter besonders dankbar ist.

Eines Morgens verkündet Frau Bach, daß sie unbedingt wieder mit dem Rad eine Hamstertour machen muß. Ihr Sohn Dieter sehe so blaß und mager aus. Da wittere ich sofort die günstige Gelegenheit und frage: „Darf ich mitfahren?"

Sie schaut erst mich und dann meine Mutter an, und, als kein Einwand kommt, sagt sie: „Na gut, du kannst ja schon recht ordentlich Rad fahren."

Ich schnappe mir sofort das zweite Damenrad.

Wir fahren los, und ich strampele mit mächtiger Anstrengung hinter ihr her. Aber ich kann mithalten, zumal ich ja sitzen kann, auch wenn ich die Beine immer noch ziemlich strecken muß, um an die Pedalen zu reichen.

Die Strecke ist lang, das sind nicht Meter, das sind Kilometer.

Nach etwa zehn Kilometern erreichen wir einen Bauernhof. Frau Bach steigt ab und sagt: „Das ist aber dumm, der Hof scheint ja von den Sowjets besetzt zu sein. Ich sehe ein paar Militärautos. Aber hier habe ich früher immer etwas erhalten. Komm, wir versuchen es mal von hinten, die haben einen rückwärtigen Eingang durch den Garten."

Wir legen am Zaun unsere Räder flach auf die Erde. Frau Bach wirft etwas Heu darauf, und dann schleichen wir uns an die Hintertür. Wir klopfen und klopfen, endlich macht uns eine ältere Bäuerin auf. Frau Bach macht mit Worten gut Wetter, wie man so sagt, und die Bäuerin erwidert: „Kommen Sie schnell rein."

Wir hocken in der Küche, und die Bäuerin berichtet von der trostlosen Lage auf dem Bauernhof. Eine sowjetische Einheit macht ihnen das Leben zur Hölle:

„In der Scheune und in den Nebengebäuden sind etwa 20 Mann untergebracht. Sie stören enorm den Arbeitsbetrieb. Das Vieh muß gefüttert, Kühe gemolken werden. Aber nach dem Abgang der Kriegsgefangenen haben nur zwei Frauen als Arbeitskräfte zur Verfügung gestanden. Diese haben sich nicht mehr in die Stallungen getraut, weil sie laufend vergewaltigt wurden. Nun sind sie verschwunden."

Ich höre mit zu und male mir aus, wie eine Vergewaltigung wohl geht: Wenn ein Mann mit einer Frau ringt, sie besiegt und sie wie beim Griechisch-Römisch aufs Kreuz legt und sie dann schreit, dann ist es wohl eine Vergewaltigung.

Die Bäuerin hält sich die Hände vors Gesicht und weint und schluchzt, und dann sagt sie: „Meine Tochter ist auch schon mehrmals vergewaltigt worden, acht- oder zehnmal. Das geht hier laufend, die haben ja nicht viel zu tun. Dann saufen sie und fallen über uns her. Könnten Sie vielleicht meine Tochter für einige Zeit zu sich in die Stadt mitnehmen, ich habe solche Angst, daß sie sich was antut. Bitte helfen Sie mir, ich gebe Ihnen auch genug Verpflegung mit, und

Sie können jede Woche kommen und was holen. Bei Ihnen in der Stadt ist es doch sicherer, oder?"

Frau Bach kommt die Bitte der Bäuerin unerwartet. Sie sagt: „Ja, hm, ich denke nach – wegen dem Platz, wir sind ja voll. ... Schreiten denn da nicht die Vorgesetzten ein? Haben Sie die schon angesprochen?"

Und die Bäuerin sagt weinerlich: „Der Offizier hat zwar gesagt, es ist bei schwerer Strafe verboten, zu vergewaltigen, aber er könne ja nicht hinter jedem Soldaten stehen und aufpassen. Wenn er einen auf frischer Tat erwische, dann könne der was erleben! Na ja, aber der Offizier ist ja selten da. Mein Gott, was soll nur werden?"

„Frau Bach, bitte, ich hab' Ihnen in den Kriegsjahren doch auch, so gut ich konnte, geholfen. Bitte, nehmen Sie meine Helga zu sich mit in die Stadt, wirklich nur für ein paar Wochen. Ihr genügt doch ein Notlager, vielleicht eine Matratze auf dem Boden. Frau Bach, ich habe Angst, daß sie sich hier beim nächsten Mal das Leben nimmt. Sie hat erst vor einem halben Jahr ihren Mann an der Front verloren – und jetzt das!"

Ich merke, wie Frau Bach weich wird. Sie fragt: „Wo ist denn die Helga?"

Die Bäuerin sagt: „Sie hat sich auf dem Heuboden verkrochen. Ich hole sie."

Und sie kommt zurück mit Helga, die sich in ein

großes Tuch gehüllt hat. Soweit ich sehe, ist sie schon älter, vielleicht 25 oder 30. Sie kommt ganz zaghaft rein, ihre Augen sind starr, ihr Blick ist so abwesend, sie ist ganz verstört.

Sie bleibt vor uns stehen, hört zu, sagt kein Wort, keinen Gruß, und plötzlich bricht es aus ihr heraus wie ein leiser Hilfeschrei: „O Gott, wer erbarmt sich nur meiner?"

Tränen fließen ihr die Wangen herunter, aber sie spricht nicht weiter, sie jammert nicht, sondern verhüllt stumm ihr Gesicht mit dem schwarzen Wolltuch.

Frau Bach sagt entschlossen zur Bäuerin: „Wenn Helga ein Rad hat, dann kann sie gleich mit uns mitfahren."

Die Bäuerin schüttelt den Kopf: „Das Rad haben die Iwans weggeschleppt, es liegt bestimmt irgendwo auf dem Hof oder in der Scheune, aber wenn wir das jetzt suchen, ist mindestens eine von uns dran."

Frau Bach begreift: „Ja, dann können wir ja überhaupt nicht rausgehen, wir sind in der Falle!"

Die Bäuerin überlegt und meint: „Mittags müssen sie alle antreten, dann werden sie namentlich aufgerufen und empfangen Verpflegung. Es darf keiner fehlen. Dann gehe ich auch zum Melken, ihr könnt dann gleichzeitig durch den Hintereingang verschwinden."

Frau Bach sagt: „Aber wir brauchen doch ein drittes Rad." Und die Bäuerin meint: „Vielleicht könnte Helga bei euch ein Stück auf dem Gepäckträger mitfahren – so weit ist es doch nicht bis zur Stadt."

Frau Bach hat ihre Zweifel: „Mit den Taschen und den Kannen?"

Da kommt mir ein Gedanke, und ich sage:

„Helga kann mein Rad nehmen. Ich bleibe hier und besorge mir, sobald die Iwans antreten, das Rad vom Hof. Ich komme dann gleich nach, ich kenne ja jetzt den Weg."

Die Bäuerin sieht mich erleichtert an und sagt aufatmend: „Du bist ein guter Junge, vergelt's Gott!"

Frau Bach willigt zögernd ein. Sie sagt noch: „Hoffentlich ist auch deine Mutter damit einverstanden! Ich habe doch für dich die Verantwortung. Aber was soll schon passieren, du bist ein Junge und kannst etwas Russisch. Dir werden sie schon nichts tun."

Eine gute halbe Stunde vergeht. Die Frauen haben ein paar Taschen mit Lebensmittelvorräten gefüllt – da wird es draußen laut. Die Iwans versammeln sich und stellen sich auf. Ein Sergeant bereitet die Austeilung von Zigaretten und Tabak vor.

Die Bäuerin schaut durchs Fenster und sagt: „Jetzt müßt ihr los. Helga, Frau Bach, fahrt los! Ich mach euch die Hintertür auf."

Frau Bach ruft mir noch zu: „Aber du mußt noch vor Dunkelheit zu Hause sein, verstanden!"

Und die Frauen laufen durch den Gemüsegarten, heben unsere Räder auf, hängen die Taschen an den Lenker, und weg sind sie.

Ich aber gehe gleich mit der alten Bäuerin hintenherum in den Stall. Wir gehen fast auf Zehenspitzen, ich weiß nicht warum – die Iwans sind doch so mit sich selber beschäftigt! Aber ich kenne den Weg nicht, und die alte Bäuerin zieht mich bei der Hand, und ich merke, wie ihre Hand zittert.

Wir erreichen den Stall; sie setzt sich auf einen kleinen Schemel und beginnt eilig, die zwei Kühe zu melken. Ich habe so etwas noch nie gesehen und bin neugierig. Aber die Sorge, daß ein Iwan in den Stall kommen könnte, läßt mich nicht richtig zuschauen. Ich stehe für die nette Bäuerin Schmiere und habe Angst, daß etwas Schlimmes passiert.

Aber es kommt keiner, und es passiert nichts.

Zwischendurch halte ich Ausschau nach dem Rad; im Kuhstall ist es nicht. Als ich zusammen mit der Bäuerin die schwere Milchkanne aus dem Stall trage, entdecke ich das Rad unter einer Außentreppe. Es wurde dort offenbar achtlos hingeschmissen, auf den zweiten Blick begreife ich auch warum. Es hat keine Luft, möglicherweise hat es einen Platten.

Wir schleppen die halbvolle 50-Liter-Kanne hintenherum ins Haus, und dann schleiche ich mich nochmals hinaus, um das Rad zu holen. Dazu brauche ich Mut, viel Mut.

Ich bilde mir ein wenig ein, ich wäre ein Soldat: hinter den Reihen der Sowjets, hinter der Front, wie ein Spähtrupp!

Es gelingt mir, das Rad zu holen. Ich bin sehr stolz. Ich ziehe es in den Flur, stelle es auf den Kopf und versuche, es aufzupumpen. Die Luft bleibt nicht im Schlauch, sie entweicht. Das heißt also, im Schlauch ist ein Loch, denn das Ventil ist heil. Man muß den Schlauch flicken, aber wie und womit?

Ich habe noch nie einen Fahrradschlauch repariert, aber ich habe schon einmal bei Herrn Bernstein zugesehen. Ich finde Flickzeug in der Satteltasche und fange an. Der Schlauch muß aus der Fahrraddecke herausgezogen werden, dazu muß man aber den Drahtreifen über die Felge ziehen. Das schaffe ich mit großer Mühe. Einfach ist das nicht, da das Hinterrad eingebaut bleibt. Ich traue mich nämlich nicht, die Kette abzumachen, da ich sie anschließend vielleicht nicht wieder draufkriege.

Die alte Bäuerin sieht mir zu und erteilt mir ab und zu einen Ratschlag. Dann holt sie mir etwas zu essen: ganz tolle, große Quarkbemmen (Brotscheiben) mit

Schnittlauch. Oh, wie schmecken die gut!

Und als ich sie mit Heißhunger verschlinge, sieht die Bäuerin mir wohlwollend und fast liebevoll zu – wieso eigentlich? Weil es mir schmeckt? Mir schmeckt doch alles!

Nach einigem Suchen finde ich die Stelle, an der die Luft aus dem Schlauch entweicht. Ich flicke die Stelle sorgfältig, denn ich weiß, daß meine Heimfahrt davon abhängt, ob die Luft im Reifen bleibt oder nicht.

Alles geht gut. Aber als ich dann versuche, die Fahrraddecke, den Schlauchmantel, wieder über die Felge in sein altes Bett zu ziehen, gelingt es mir nicht. Ich mühe mich ab, mehrmals versuche ich es, aber immer wieder springt der eingelegte Draht in der Decke zurück, und ich kriege den Rand der Decke nicht über die Felge. Ich bin ratlos und nach dem fünften Versuch völlig mutlos. Der Umfang der Decke scheint zu gering zu sein. Aber er war es doch vorher nicht! Also, wieso schaffe ich es nicht?

Es klappt nicht. Voller Verzweiflung gebe ich auf. Das heißt aber, daß ich heute nicht nach Hause fahren kann. Aber den weiten Weg zu Fuß zurücklegen?

Die alte Bäuerin errät meine Gedanken und sagt: „Zu Fuß laß' ich dich nicht laufen. Du bleibst bei mir im Haus. Das ist zu gefährlich. Ich mache dir auch was Feines zum Essen."

Ich denke: Was soll schon an einem Fußmarsch gefährlich sein? Aber ein gutes Essen, vielleicht mit Fleisch – das wäre schon ein Grund dazubleiben.

Und ich frage sie umgehend, ob es auch Fleisch gibt, und sie sagt: „Na gut, dann mache ich uns ein Einweckglas mit Rindsrouladen auf. Dazu koche ich Kartoffeln, und Rotkohl nehmen wir aus der Dose." Mir läuft bei dieser Aussicht das Wasser im Munde zusammen. Mich kriegt hier heute keiner weg!

Natürlich wird sich Mutter Sorgen machen, aber für so ein Essen ...!

Ich gehe für die Bäuerin in den Keller, helfe beim Kartoffelschälen, hole Holz von draußen für den Herd. Da fällt mir doch auf, daß außer den zwei Kühen im Stall keinerlei Tiere da sind – kein Huhn, kein Schwein, kein Pferd, nichts!

Ich frage die Bäuerin danach, und sie sagt verbittert: „Das haben die da draußen in den letzten zwei Monaten alles abgeschlachtet. Sie haben sich abends ein Feuer auf dem Hof angemacht, und dann haben sie tagelang die Schweine gebraten ... und gesoffen und rumgehurt. Die Frauen, die mir mit dem Vieh geholfen haben, sind davongelaufen. Helga ist jetzt auch fort, und ich bin hier nun ganz alleine. Ich verriegele alle Türen auch tagsüber, ich laß' keinen mehr rein.

Mich hat auch ein Sowjet in der Tür erwischt und wollte mir was, da hab ich ihm mit dem Regenschirm eins verpaßt.

Ich frage ungläubig: „Hat er denn losgelassen?"

Sie sagt: „Na und ob, ich hab ihm doch damit zwischen die Beine gehauen."

Das Essen ist fertig, und das schmeckt herrlich. Ich esse zwei Portionen – endlich mal einen vollen Teller! Anschließend kriege ich noch ein großes Glas Milch.

Draußen wird es langsam dunkel, die Iwans singen und grölen. Als ich mich dann auf der Sitzbank zurücklehne, übermannt mich die Müdigkeit. Ich bin sofort weg.

Irgendwann spüre ich, daß mein rechter Arm eingeschlafen ist. Er kribbelt schrecklich. Ich schlage die Augen auf und sehe mich auf der Sitzbank liegen, eine Decke hab' ich auch um mich. Die Bäuerin schiebt lange Scheite in den Backofen, und draußen scheint die Sonne. Die Bäuerin bemerkt, daß ich aufgewacht bin, und sagt belustigt: „Na, du müder Krieger, da warst du gestern aber schnell weg. Das Radfahren hat dich wohl sehr müde gemacht, und du wolltest noch die Strecke zurücklaufen!"

Jetzt, wo sie das sagt, fällt mir wieder die Pleite mit dem Radflicken ein, und ich denke, was Mutter sich bloß für Sorgen macht. Ich hab doch dort hinten im Flur ein schwarzes Telefon gesehen, aber wen soll ich denn bei uns im Hause anrufen? Ich glaube, dort hat keiner einen Telefonanschluß.

Wieder errät die Bäuerin meine Gedanken, sie scheint einen sechsten Sinn zu haben. Sie sagt: „Die Bande da draußen hat auch unser Telefon kaputt-gemacht, einfach die Außenleitung abgerissen."

Aber während sie spricht, bringt sie mir ein Glas Milch und zwei große Brotscheiben, belegt mit Wurst und Marmelade mit Quark. Ich vertilge das wie ein Wolf, und dabei kommen aus meinem Munde Laute wie: „Hmm, hmm, hmm!"

Und die Bäuerin fragt: „Singst du?" Ich antworte: „Nein, es schmeckt nur so gut."

Sie aber sagt: „Das kann ich kaum glauben, was schmeckt dir denn so gut? Das essen wir jeden Tag zum Frühstück!"

Ich lecke mir die Finger ab und frage. „Wie spät ist es wohl?"

Und sie meint: „Ich habe schon lange keine Uhr mehr, die haben sie mir gleich vom Handgelenk geris-sen. Aber es müßte etwa 11 Uhr sein. Du hast lange geschlafen! Jetzt ist der Backofen heiß, heiß genug, um Brot zu backen. Du mußt wissen, wir haben mit der

Bande da draußen vereinbart, wenn ich jeden Tag frisches Brot backe, lassen sie mir die zwei Kühe."

Toll, wir backen! Ich knete den Teig, so wie sie das macht. Sie nimmt aus einem langen Holztiegel einen Klumpen Teig und walzt ihn hin und her, klopft ihn und formt ihn zu einem Brotlaib. Dann ritzt sie ihn oben längs mit einem Messer ein und legt ihn auf dem Holztisch ab. Ich mache es ihr nach und denke an meine Geschwister. Wie die sich wohl über so ein frisches Brot freuen würden! Ich überwinde ich meine Hemmungen und sage: „Aber einen Laib darf ich doch mit nach Hause nehmen, nicht?"

Sie sagt, als ob es ganz selbstverständlich wäre: „Na klar, du kannst auch zwei haben, ehe die Bande da draußen sie frißt!"

Draußen wird es laut; ich gehe zum Fenster. Die Sowjets treten an, ein Vorgesetzter brüllt Kommandos. Der Tisch mit dem Tabak und den Zigaretten, dem Schnaps und allem anderen ist schon aufgebaut. Ein Sergeant meldet einem Oberleutnant die angetretene Mannschaft.

Da fährt mit einmal ein Jeep direkt vor die Front der Soldaten und hält mit quietschenden Bremsen an. Es entsteigen zwei Offiziere, der ältere kommt mir irgendwie bekannt vor. Ich bin neugierig und schleiche durch die Hintertür hinaus auf den Hof und schaue dem Geschehen zu.

Der Offizier mit den goldenen Schulterklappen läßt die Angetretenen strammstehen und beginnt zu brüllen und zu wettern. Mir dringt etwas von ... Sauereien, von Disziplinlosigkeit und davon, daß der Krieg vorbei sei ... ans Ohr und ... daß die siegreiche Rote Armee kein Räuberhaufen sei ...

Er regt sich schrecklich auf und brüllt furchterregend. Dann bringt ihm der jüngere Offizier einen Benzinkanister. Er nimmt ihn, öffnet ihn, übergießt den Tisch, den Wodka und den Tabak mit dem Benzin und läßt ihn durch den Begleitoffizier anzünden. Die Stichflamme lodert auf, rußt, und es herrscht eine gespenstische Stille.

Ich fühle mich wie magisch von dem brennenden Tisch angezogen und schleiche näher, Meter um Meter näher heran an die Offiziere vor der Front – und ich traue meinen Augen nicht: Der ältere Offizier, der mit den goldenen Schulterstücken, das ist Pawel Dimitriwitsch, mein Helfer in der Not beim Sturz mit dem Rad.

Ich staune „Bauklötzer". Na so was, das gibt's doch gar nicht! Und ich rufe leise: „Pawel! Pawel Dimitriwitsch!"

Er sieht sich um, kommt wie selbstverständlich auf

mich zu und sagt: „Da bist du ja, komm mit!"

Er nimmt mich bei der Hand, und wir gehen, ohne die Angetretenen noch eines Blickes zu würdigen, zu dem Jeep. Der Begleitoffizier folgt uns, der Fahrer läßt den Motor an, und wir fahren ab. Ich weiß nicht, wie mir geschieht.

Und dann sagt Pawel: „Deine Mutter hat mich auf diese schrecklichen Zustände hingewiesen. Ich habe ihr heute doch das Wörterbuch gebracht[1], und da hat sie mir alles erzählt – das mit der Helga und mit dir. Ich bin gleich losgefahren. Haben sie dich wirklich gefangengehalten?"

Mir geht ein Licht auf. Ich schaue in das nette Gesicht dieses Mannes mit den ergrauten Haaren und stottere: „Ja, ja ..."

Warum lüge ich? Ich schweige und schäme mich. Aber er wollte nichts anderes hören als „ja!". Das bin ich auch meiner lieben Mutter schuldig. Sie hat sich um mich gesorgt – 24 Stunden lang.

In weniger als 15 Minuten bin ich wieder zu Hause. Aber ich ärgere mich schrecklich und schimpfe fortlaufend vor mich hin: Ich hab' das Brot vergessen!

---

[1] Das Wörterbuch befindet sich noch heute im Besitz des Autors.

Das Tauschgeschäft

Als ich eines Tages, vom Hinterhof kommend, das Treppenhaus betrete, höre ich eine lautstarke Stimme. Im ersten Stock stehen drei Frauen beieinander, und Frau Land erzählt aufgeregt, was sie eben erlebt hat. Ich schleiche näher heran und höre folgendes:

Sie habe heute bei dem warmen Wetter ein Kleid mit kurzem Arm angezogen und vergessen, ihre goldene Armbanduhr daheim zu lassen. Ein Russe hätte die Uhr entdeckt und sie ihr erst mit Gewalt und dann durch Verhandeln abnehmen wollen. Sie habe immer „nein" gesagt. Das wäre doch eine Damenuhr und nichts für ihn. Er habe gesagt, er brauche die Uhr für seine Frau.

Sie habe weiter „nein" gesagt. Aber er habe nicht lockergelassen, habe sie bis hierher vors Haus verfolgt. Dann habe sie, um ihn loszuwerden, gesagt, das sei eine goldene Uhr, sehr teuer, und er könne sie nur gegen Fleisch haben, viel Fleisch. Der Sowjet habe gesagt, er komme wieder.

Frau Land atmet tief ein und meint dann zu den Nachbarinnen: „So was wünsche ich Ihnen wirklich nicht! Diese Angst! Gut, daß es noch hell ist und Menschen auf der Straße. Ich kann doch nicht meine einzige Uhr weggeben!"

So, wie sie das erzählt, kann ich mir das lebhaft vorstellen. Sie ist eine resolute Frau, couragiert. Sie ist die Mutter meiner Angebeteten. Na gut, sie hat halt ein schlagfertiges Mundwerk. Aber ihre Tochter Marie ist anders – viel lieblicher und fröhlicher.

Wochen vergehen. Die Geschichte ist in Vergessenheit geraten, zumal nicht alle im Hause sie mitgekriegt haben.

An einem Nachmittag brüllt jemand im Hinterhof ganz laut. Ich kann den Wortlaut nicht genau verstehen, aber es klingt wie: „Frau Uhri!" Ja, noch mal: „Frau Uhri! Frau Uhri!"– ganz laut und frech.

Die ersten Fenster gehen auf, und ich öffne auch unseres.

Da steht doch mitten im Hinterhof ein Iwan und hat ein Kalb, ein lebendiges Kalb am Strick hinter sich.

Und er brüllt erneut: „Frau Uhri! Komm – gutes Fleisch!" Du mir Uhr, ich dir Fleisch – komm!"

Mir fällt die Geschichte von Frau Land ein, und ich rufe den anderen Neugierigen zu: „Der meint Frau Land! Das ist für Frau Land."

Helle Aufregung im Haus. Meine Mutter geht zu dem Iwan hinunter und beschwichtigt ihn.

Er hört auf zu brüllen.

Frau Land wird geholt. Sie ist schon im Bilde und jammert: „O Gott, das hab ich doch nicht im Ernst gemeint. Was sollen wir nur machen, aber ich kann doch nicht mein goldenes Ührchen hergeben, der ist ja verrückt!"

Als sie das Stierkalb sieht, schlägt sie die Hände über dem Kopf zusammen. Sie sagt zu dem Iwan: „Ich hab dir doch gesagt: Fleisch, Fleisch – und nicht Tier! Verstehst du?"

Nein, er versteht sie nicht, er verlangt die Uhr, ganz stur, immer wiederholend.

Inzwischen haben sich immer mehr Hausbewohner um das Kalb herum vesammelt.

Frau Land bettelt fast um Verständnis: „Wir sind doch ausgebombt, das Ührchen ist alles, was ich noch von meinen Eltern habe. Was machen wir jetzt bloß? Wie werden wir ihn nur los? Sicherlich, Fleisch, schönes Kalbfleisch wäre ja auch was sehr Gutes, aber das Kalb ist ja noch lebendig!"

Ich bin inzwischen runtergelaufen und stehe neben

dem recht großen, schönen Stierkalb. Es hat so treue Augen, so voller Vertrauen in seinen Besitzer, ich kann den Gedanken, daß es getötet werden soll, nicht ertragen.

Ich streichele seine kraushaarige, braun-weiße Stirn, und ich hoffe so sehr, daß der Tausch nicht zustande kommt.

Der Iwan wird plötzlich energisch, packt Frau Land am Arm und will sich die Uhr mit Gewalt nehmen.

Da greift unerwartet Herr Bernstein ein. Er ruft: „Stopp!"

Der Iwan stutzt und zögert.

Herr Bernstein zeigt ihm eine noch schönere Damenuhr und sagt: „Besser!"

Der Iwan wiederholt: „Besser?" Und er kapiert.

Wir Herumstehenden staunen.

Herr Bernstein sieht die fragenden Blicke und erklärt: „Das ist die Uhr meiner verschollenen Frau. Ich bin sicher, es wäre in ihrem Sinne, wenn ich hier helfe. Ihnen allen, der ganze Hausgemeinschaft, ich habe Ihnen allen viel zu danken. Jeder soll von dem Tausch etwas abbekommen."

Frau Land ist ganz gerührt, bedankt sich bei Herrn Bernstein und sagt naiv: „Aber das Kalb lebt doch noch, wer soll es denn von uns Frauen schlachten? Das können wir doch nicht!"

Der Iwan wendet sich an meine Mutter: „Was hat sie gesagt"?

Meine Mutter übersetzt, der Iwan grinst hämisch oder mitleidig; ich kann das nicht so recht ausmachen.

Plötzlich reißt er seine Pistole aus dem Futteral und schießt dem Kalb in die Stirn.

Ich schreie auf und renne entsetzt ins Haus. Das arme Tier, so schön wie ein Pony! Ich hätte mich so gerne draufgesetzt.

Aber ich wage doch noch einen Blick aus dem Treppenhausfenster und sehe, wie der Iwan verschwindet und die Frauen das tote Kalb an den Füßen in die Waschküche ziehen. Was sie dort anschließend mit ihm anstellen, weiß ich nicht. Will es auch absolut nicht wissen. Furchtbarer Tag!

Am nächsten Tag – soviel habe ich mitbekommen, daß die Frauen fast die ganze Nacht in der Waschküche gearbeitet haben – erhält jede Familie im Hause, ein großes Stück von diesem armen Kalb.

Mich interessiert das überhaupt nicht!

Auch, als meine Mutter begeistert raufkommt und gleich Knochen zum Kochen aufsetzt, nehme ich davon keine Notiz. Ich werde nichts davon essen, nein, ganz bestimmt nicht ...!

Dennoch beginne ich zu fragen: „Wieso hat Herr

Bernstein die Uhr eingetauscht und gesagt, er habe allen im Haus viel zu danken?"

Mutter: „Ich glaube, weil alle Hausbewohner geschwiegen und dichtgehalten haben, als Herr Bernstein seine Tochter im Hause besuchte und dann blieb."

Ich: „Wieso dichtgehalten?"

Sie: „Junge, Herr Bernstein wird vermutlich Jude sein oder Halbjude."

Ich protestiere laut: „Herr Bernstein ein Jude, o Gott, das gibt es nicht, das kann nicht sein! Was die mir alles über Juden beigebracht haben – das sollen solche fiesen Menschen sein! Herr Bernstein aber hat sich doch sehr edel verhalten, hat Frau Land aus der Patsche geholfen Und er ist sehr nett, hilfsbereit, und er ist doch Deutscher – wie wir alle! Wieso also Jude?"

Mutter: „Junge, du hast ja recht, ich weiß es doch auch nicht; vielleicht weil er Bernstein heißt..."

Ich hab' noch einen Koffer in Berlin

Seit Tagen klagt Mutter, daß unser Bargeld zu Ende ginge und daß sie etwas vom Sparbuch bei der Sparkasse abheben müsse. Dann, eines Tages kommt sie von der Sparkasse zurück und schimpft und ist sehr empört: „Die Halunken haben alle Sparkonten gesperrt. Es gibt kein Bargeld. Ersparnisse wären Auswüchse der Bourgeoisie und des Kapitalismus. Damit wäre es jetzt vorbei. Als wenn man für das Geld etwas Vernünftiges kaufen könnte!"

Ja, was machen wir jetzt? Bis zum Abend herrscht bei uns ziemliche Ratlosigkeit.

Dann kommt Mutter von einem Treppenhausschwätzchen ins Zimmer zurück und berichtet: „Die Lands gehen zurück nach Berlin. Dort haben sie noch ihre Wohnung und ihre Sachen. Sie wollen in einer Woche reisen, sie geben ihr Zimmer hier im Hause auf. Frau Land ist ja schwanger, und sie möchte noch vor der Niederkunft in ihrer alten Wohnung in Berlin-Charlottenburg sein.

Ja, mein Sohn, und da hab ich mir gedacht, daß du mitfährst und zu deinem Onkel Edmund nach Berlin-Neukölln gehst und uns Bargeld mitbringst. Ich werde Dir einen Brief an meinen Bruder mitgeben. Also wie ist es, hast du Lust?"

Na, und ob ich Lust habe! Tolle Sache, tolles Erlebnis! Und dann die Marie, die wird auch dabeisein!

„Ja gerne, ich fahre mit!"

Ich kann die Begeisterung in mir nicht unterdrücken. Ich springe auf und laufe im Zimmer hin und her. Berlin! Ich war schon 1941 bei meinem Onkel. Wir waren auf einem großen Rummelplatz, das war herrlich! Ich freue mich auf Berlin!

Meine Mutter sagt: „Komm, beruhige dich wieder. Setze dich hin, ich will dir das näher erläutern: Frau Land wird einen Handwagen mit Koffern mitnehmen, der ist schwer. Du und Marie, ihr müßt ihr kräftig beim Ziehen und Aufladen helfen, sie darf nicht mehr schwer heben, sie kriegt bald ihr drittes Kind. Ihr werdet mehrmals umsteigen müssen, und die Reise wird mindestens zwei Tage dauern. Du kannst dir schon mal überlegen, was du alles in deinem Rucksack mitnehmen mußt."

Ich bin begeistert und beginne gleich zu packen. Aber doch keinen Rucksack! Sie sagt Rucksack dazu – typisch Frau! Das ist ein Ranzen! Man sagt Affe dazu, weil die Klappe aus braunem Fell ist. Das Ding ist viereckig, man kann eine Decke zu einer Wurst zusammengerollt um den Affen binden. Und so werde ich es auch machen!

Die Tage des Wartens auf die Abfahrt sind für mich unerträglich. Sie wollen einfach nicht vergehen. Mehrmals am Tag frage ich Frau Land oder Marie, ob ich ihnen helfen könne, denn im stillen denke ich, wenn ich helfe, geht es bei ihnen schneller.

Endlich naht der Tag der Abreise. Morgen früh geht's los. Ich kann die ganze Nacht nicht schlafen. Mein gepackter Affe liegt neben meinem Bett. Die Schuhe habe ich auch geputzt. Erst gegen Morgen schlafe ich ein, und dann rüttelt mich Mutter hoch und sagt: „Willst du nicht mit nach Berlin?"

Ich springe wie ein Wiesel aus dem Bett. Auf dem Hinterhof beladen die Lands gerade ihren Handwagen. Ich bin ruck, zuck reisefertig, und meine Mutter begleitet uns alle zum Bahnhof.

Natürlich ziehen wir Jungs den Handwagen, Manfred ist zwar noch etwas jünger als ich, aber er faßt bereitwillig zu. Das Ziehen macht Spaß, der

Wagen rollt so schön rhythmisch über das Pflaster. Da die Frauen hinten schieben, ist das Ziehen auch nicht besonders schwer.

An dem Fahrkartenschalter gibt es die erste Verwirrung. Frau Land und meine Mutter kommen unentschlossen vom Schalter zurück und berichten, daß die Reichsbahn nur Fahrkarten bis Wittenberg verkaufe. Die Züge gingen nur bis Wittenberg-Süd. Begründung: Die Elbbrücken seien gesprengt, und die Züge hielten an der Elbe. Dort sei Endstation. Ob eine Strecke nördlich von Wittenberg nach Berlin befahrbar sei, wüßte der Schalterbeamte auch nicht.

Also was tun?

Frau Land mit dem Handwagen und den zwei Kindern an der Hand überlegt und sagt ziemlich verunsichert: „Jetzt habe ich hier alles abgewickelt. Ich muß vor der Geburt in unsere alte Wohnung zurück. Man muß doch über die Elbe kommen – mit Boot, Fähre oder sonstwie! Das muß doch möglich sein, oder? Also riskieren wir es aufs Geratewohl!"

Ich hatte schon innerlich Angst, daß sie die Reise abbrechen würde. Das gefällt mir an ihr. Sie läßt sich nicht abschrecken. Ja, so ist sie nun mal, eine couragierte Frau, die weiß, was sie will.

Mutter kauft mir eine Fahrkarte bis Wittenberg, und Frau Land gibt das Kommando zum Verladen.

Die Strecke geht über Leipzig. Dort müssen wir umsteigen. Wir fahren im Gepäckwagen und haben Stehplätze. Die Züge sind alle total überfüllt, und ein Platz im Inneren eines Waggons ist sehr begehrt.

Der Handwagen ist unser Mittelpunkt. Wir hängen an ihm wie die Bienen an ihrer Königin. Ihm gilt unsere Hauptsorge: Er muß bewacht, geschleppt, verladen und am Ende heil mit seiner Kofferladung nach Berlin gebracht werden.

Alles, was die Lands an Kleidung besitzen, ist auf dem Handwagen in den Koffern. Und das betont Frau Land uns Kindern gegenüber ständig. Sie schärft uns ein: „Der Wagen, der Wagen, der Wagen! Er darf nie alleine bleiben, einer kümmert sich immer um den Wagen, hört ihr!"

In Leipzig gibt es beim Umsteigen keine Probleme. Wir alle passen höllisch auf, und ich möchte mich vor Marie schon als Erwachsener zeigen und bin um sie besorgt wie ein Mann.

Das einzige Problem beim Umsteigen in Leipzig ist, daß wir fast drei Stunden auf den Anschlußzug nach Wittenberg warten müssen, ohne zu wissen, ob er überhaupt kommt. Niemand kann sich im Juli 1945 darauf verlassen, daß überhaupt ein Zug fährt. Um so glücklicher sind wir, als wir das Rattern und Dröhnen des Zuges in der Ferne hören.

Als der Zug in den Bahnhof einläuft, hält direkt vor uns der Mutter-und-Kind-Waggon. Das ist ein Spezialabteil mit großer Fläche für Kinderwagen. Die Sitze befinden sich drum herum.

Frau Land hat wegen des Handwagens keine Hemmungen. Sie ruft: „Los, hier rein!" Und mit vereinter Kraft heben wir den Wagen empor zur Abteiltür. Aber er ist zu sperrig. Also heißt es jetzt, schnell die Koffer runter und einzeln in das Abteil!

Frau Land steht im Zug und nimmt die Sachen entgegen, die wir ihr reichen. Die anderen Fahrgäste drängen sich dazwischen und schimpfen, weil wir ihnen den Weg versperren. Zum Schluß kommt der Wagen. Wir schaffen es gerade noch, ihn hochkant ins Abteil zu quetschen. Wir stehen alle ganz eng eingeklemmt, aber wenigstens alle zusammen in einem Waggon – das ist die Hauptsache! Mutter hatte mir noch eingeschärft: „Junge, nicht den Anschluß verlieren, halte dich ganz dicht an die Lands! Sonst gehst du noch verloren!"

Der Zug ist lang und schnauft mit seiner asthmatischen, alten Lokomotive durch die flache Landschaft, als ob er bergan führe. Aber zum Glück bleibt er nicht stehen. Sogar, wenn wir durch den Bahnhof rollen, hält er nicht an, sondern fährt langsam weiter, und der

Schaffner ruft den wartenden Menschen zu: „Zurück von der Bahnsteigkante! Der Zug hält nicht, er ist überfüllt!"

Dennoch versuchen einige, aufzuspringen. Ich schaue neugierig zu, wie sie das machen. Sie laufen mit dem Zug mit und dann, hops, hinauf! Ich denke, das könnte ich auch.

Stunden vergehen. Es muß schon gegen Abend sein (meine Uhr habe ich vorsichtshalber in die Tasche gesteckt, da komm ich nicht ran), als der angebliche D-Zug nach Wittenberg plötzlich auf offener Strecke hält und der Schaffner ruft: „Endstation! Alles aussteigen! Endstation!"

Zögernd machen sich die Fahrgäste mit ihrem Sack und Pack daran, auszusteigen. Da der Zug nicht an einem Bahnsteig angehalten hat, muß man sich vorsichtig auf den Schotter der Nebengleise runterhangeln. Alle schaffen es recht gut, aber um Frau Land mit dem dicken Bauch mache ich mir Sorgen.

Wir sammeln zuerst die Koffer ein und packen sie auf den Handwagen. Dann ist Frau Land an der Reihe. Marie – sie ist von uns die Älteste – reicht ihrer Mutter von oben die Hand, während ich versuche, ihr von unten Halt zu geben. Vorsicht!

Frau Land ist geschickt, sie setzt sich auf das

Trittbrett und läßt sich langsam über die Kante herunterrutschen, mit dem Bauch nach vorne. Ich schmunzele: „Na also, ganz einfach!" Und mir fallen die warnenden Worte der Mutter ein: „Wehe, du machst in Gegenwart von Frau Land eine anstößige Bemerkung über ihren Zustand."

Das tue ich schon nicht, ich bin doch Kavalier!

Manfred hat bereits den Handwagen die Böschung hinab und auf den Feldweg gefahren, und wir reichen ihm die Koffer, die wir zuvor vom Wagen genommen haben, von oben herunter. Dann kommt Frau Land – auch hier mehr auf dem Po rutschend als auf den Beinen, aber sie stürzt nicht.

Da fällt mir eine Standardfrage der Frauen ein, und ich stoße Marie an und flüstere: „Im wievielten Monat ist deine Mutter eigentlich?" Und Marie sagt: „Das geht dich zwar nichts an, aber ich glaube, sie ist im neunten Monat."

Ich weiß nur, Babys brauchen neun Monate, um auszuschlüpfen. Na dann, hurra! Hoffentlich passiert das nicht jetzt, wo wir unterwegs sind.

Frau Land hat mit Manfred zusammen die Koffer auf dem Wägelchen festgebunden, und dann sagt sie: „Ich habe mich mit anderen im Waggon beraten: Sie gehen zu Fuß zur gesprengten Brücke. Dort ist für

Fußgänger ein provisorischer Übergang vorhanden, das kann nicht sehr weit sein. Die Stahlbogen von der Brücke kann man von hier aus schon sehen. Also los, den anderen hinterher!" Und wir marschieren los.

Die Sonne steht schon ganz tief. Es ist ein warmer Abend, und die Mücken plagen uns, aber das ist ja Nebensache. Wir blicken beim Gehen immer gespannt nach vorne auf die Brücke. Was tut sich dort? Wie läuft es dort? Kommen wir rüber?

Zwischendurch sagt Frau Land, wir müßten erst über die Brücke und dann zum Bahnhof in Wittenberg; dort verliefe eine andere Bahnstrecke, die nach Berlin führt.

Vor uns bildet sich eine Schlange von Fußgängern, alle mit Taschen und Rucksäcken. Einen weiteren Handwagen sehe ich nicht. Na, hoffentlich geht das mit dem Wagen gut!

Ich sehe, wie sich die Menschenschlange langsam und vorsichtig zwischen den gesprengten Teilen der Brücke hindurch über das Wasser hinüberbewegt. Da müssen wohl Planken liegen, wahrscheinlich ist da ein Steg zwischen den gesprengten Brückenbogen, die ins Wasser gestürzt sind.

Als wir uns langsam in der Menschschlange dem Brückenanfang nähern, bestätigt sich meine Vermutung. Man hat mehrere Bretter nebeneinander mit

Querhölzern zusammengenagelt und auf die Eisen-
bahnschwellen gelegt. Der Steg ist etwa 1,50 Meter
breit und geht mit den Schwellen einmal abwärts und
dann, fast auf der Wasserlinie, wieder nach oben und
dann wieder nach unten, immer so weiter. Gottlob, ist
an einer Seite ein Seil zum Festhalten gespannt. Ob
wir da mit dem Wagen rüberkommen?

Die gleiche Frage macht wohl auch Frau Land zu
schaffen, die ja das Kommando bei uns hat. Sie ent-
scheidet 50 Meter vor der Brücke: „Wir können nicht
mit dem beladenen Handwagen dort rüber, der
rutscht uns ins Wasser. Wir werden die drei Koffer und
die Rucksäcke einzeln rübertragen und den Wagen
zum Schluß, mal schiebend, mal nach an der Deichsel
ziehend rüberbugsieren. Es wird zwar länger dauern,
aber der Betrieb wird hier nachlassen, sobald alle
Leute aus dem Zug drüben angekommen sind."

Und Frau Land teilt ein: „Marie, Manfred und du,
ihr geht als erste rüber und laßt eure Rucksäcke drüben. Manfred bleibt bei den Rucksäcken. Marie und
du, ihr kommt zurück, dann sind die Koffer an der
Reihe. Ich bleibe erst einmal hier bei den großen
Gepäckstücken und dem Wagen."

Die erste Tour über den Steg ist eine nette
Herausforderung, so was wie „Mäuerchen laufen."
Wir drei sind recht schnell drüben, legen die Ruck-

säcke ab, und Manfred übernimmt die Aufsicht. Marie und ich versuchen, gegen den Strom der nachrückenden Fußgänger zu Frau Land zurückzulaufen. Es ist bei dem Gegenverkehr nicht ganz ungefährlich, weil die eine Seite nicht gesichert ist. Aber mit Zwischenstopps geht das schon.

Wir kommen drüben an, und Frau Land, die in der Zwischenzeit die Koffer bereitgestellt hat, sagt: „Kinder, das wird nicht leicht. Ich nehme einen ...“

Marie unterbricht sie: „Nein, das darfst du in deinem Zustand nicht, ich nehme ihn. Du bleibst noch beim Wagen!“

Frau Land will noch etwas einwenden, aber Marie hat sich schon einen Koffer geschnappt und zieht damit los, und ich mache es ihr nach und schleppe das schwere Ding mit beiden Händen bis an den Anfang des Steges.

Marie quält sich mit dem Koffer rückwärts ganz langsam bergab hinunter, da kommt ihr ein Mann zu Hilfe und faßt mit zu.

Ich aber habe Probleme, ich muß mir etwas einfallen lassen. Mir kommt die Idee, daß man sich auch einen Koffer umhängen kann.

Also Hosengürtel herausgezogen, durch die Griffösen gezogen, Schnalle eingehakt und über die Schulter, dann eine Hand zusätzlich an den Griff, und eine Hand ist frei. Und so geht es langsam runter und noch langsamer wieder rauf.

Der Koffer ist schwer, und ich denke: Wenn ich mit dem Ding ins Wasser falle, gehe ich unter. Dann müßte ich tauchen, um ihn wieder rauszuholen. Aber ich falle nicht, ich schaffe es schon, ja, das geht schon, nur durchhalten!

Den letzten Koffer tragen Marie und ich gemeinsam. Ich habe einen dicken Knüppel gefunden, den stecken wir unter den Griff, und so können wir beide anfassen. Es ist dennoch schwierig genug: Der Steg wackelt und schwingt, und der Knüppel biegt sich durch. Aber mir ist nichts zu schwer, weil mir Marie öfters einen lieben Blick zuwirft, der mir die Röte ins Gesicht treibt.

Mit dem Handwagen geht es am einfachsten, weil er ja auf seinen vier Rädern rollt. Man kann ihn herablassen und an der Deichsel nach oben ziehen. Frau Land geht als letzte, sie muß sich wegen ihres großen Bauchumfangs mit beiden Händen festhalten und zwischendurch eine kleine Pause einlegen. Aber sie kommt problemlos rüber und sagt stolz: „Kinder, die Elbe haben wir überwunden. Das ist die halbe Strecke bis nach Berlin."

Ich schaue in Gedanken zurück auf die zerstörte Bogenbrücke, über der gerade die Sonne untergeht, und frage Frau Land: „Warum nur haben wir Deutsche unsere eigene Brücke zerstört, das hat auch nichts genutzt, wo doch der Krieg verloren war?"

Frau Land antwortet nachdenklich: „Das war bestimmt ein Führerbefehl. Es hieß ja immer: ‚Führer befiehl, wir folgen dir!' Die Soldaten haben nur einen Befehl ausgeführt."

Ich: „Müssen Soldaten jeden Befehl ausführen?"

Sie: „Ja, jeden. Sonst ist das Meuterei, und dafür wird man erschossen. Aber, Kinder, wir müssen weiter. Auf geht's!"

Wir ziehen unseren Handwagen durch das von Bomben beschädigte alte Wittenberg, und ich denke immer noch darüber nach: Also, wenn einer einen Befehl nicht ausführt, dann wird er gleich erschossen. Unglaublich, oder? Ob das jetzt vorbei ist?

Als wir vier auf dem Bahnhof ankommen, dämmert es bereits. Ein Zug nach Berlin wird für morgen vormittag erwartet. Frau Land meint gelassen, dann werden wir erst einmal feststellen, wo der Zug nach Berlin einläuft, Fahrkarten kaufen und dort übernachten, wo der Zug vermutlich hält, möglichst nahe an der Bahnsteigkante.

Wir ziehen unseren Wagen ungefähr in die Mitte des Bahnsteigs und lassen uns auf unseren Rucksäcken rund um den Wagen nieder. Als wir an unseren ärmlich belegten Broten nagen – seit dem Morgen hatten wir nichts mehr gegessen –, lassen sich immer mehr Reisende neben uns nieder, um auch auf den Zug nach Berlin zu warten, dessen genaue Ankunftszeit unbekannt ist. Er könnte ja auch in der Nacht einlaufen, das Warten ist man ja gewöhnt.

Einige Zeit vergeht. Da schlendern drei Männer an uns vorbei, es scheinen Russen oder Polen zu sein. Ich kann ihre Unterhaltung nur teilweise verstehen. Sie blicken auf unseren Handwagen, und im Weitergehen sagt wohl einer: „Hast du den Handwagen gesehen? Den brauchen wir. Den holen wir uns heute Nacht."

Ich teile das sofort Frau Land mit. Sie macht ein erschrockenes Gesicht, und ich sehe, wie sie krampfhaft überlegt. Was wird sie tun?

Nach ein paar Minuten sagt sie: „Kinder, wir müssen uns selber helfen, sonst plündern die uns aus. Die haben ja nicht so genau hingesehen. Wir tun so, als ob uns ein Wagenrad kaputtgegangen ist. Wir versuchen, ein Vorderrad abzumontieren, und verstecken es. Ohne Vorderrad nutzt der Wagen ihnen nichts."

Es gelingt uns, den Splint herauszuziehen und das Rad abzuziehen, und Frau Land sagt zu Marie: „Nimm dein Regencape, und wickle das Rad darin so ein, daß man es nicht erkennen kann, und dann legen wir das ganze Paket hier hinter die Bahnsteigkante, wo es keiner sehen kann.

Wir müssen es nur raufholen, wenn ein Zug kommt. Und wenn diese Banditen kommen, sagen wir, daß das Rad kaputtgegangen ist und wir es in Wittenberg zur Reparatur gegeben haben. Habt ihr verstanden?"

Die Nacht wird zunehmend frischer. Der Beton, auf dem wir hocken, ist hart und kalt. Aber nach dem langen Tagesablauf sind wir müde und erschöpft und rücken zusammen. Manfred schläft sofort ein. Marie friert.

Ich hole meine Decke vom Ranzen und nehme meinen ganzen Mut zusammen und rücke an sie heran, ganz langsam, immer näher. Die Decke legen wir uns beide gemeinsam über die Schulter, und ich lehne meinen Kopf an ihre Schulter; sie hat nichts dagegen. Ich bin müde, aber glücklich.

Bevor mir die Augen zufallen, sehe ich noch einmal auf die tapfere Frau Land: Sie hat die Deichsel vom Handwagen abmontiert und sitzt wie eine Statue auf dem Wagen, hält die Deichsel zwischen den Beinen, bereit zur Verteidigung, und starrt mit weit offenen Augen den Schienenstrang entlang in Richtung Berlin. Ich denke: Das ist auch eine Kämpferin, wie meine Mutter. Dann bin ich auch schon weg.

Ich träume vom Kuscheln mit Marie; nur etwas Hartes stört und ist unbequem. Ich öffne die Augen. Der Morgen graut. Frau Land sitzt noch immer in derselben Stellung, nur ihr Kopf sinkt vor Müdigkeit öfters nach vorne über. Sie hält noch immer die Deichsel als Schlagstock in der Hand. Ich stehe auf, überlasse die Decke Marie, die sinkt auf den Beton und zieht die Decke über sich.

Ich nähere mich vorsichtig Frau Land, tippe sie an und sage: „Frau Land, die Banditen sind nicht gekommen, legen Sie sich auch etwas hin!" Ich nehme ihr die Deichsel aus der Hand und setze mich an ihre Stelle, und sie sinkt vor Müdigkeit zur Seite.

In Sitzposition oder auf hartem Bahnsteigbeton kann man nicht lange schlafen. So sind wir nach weiteren zwei Stunden wieder wach, wenn auch nicht gerade munter.

In der Zwischenzeit hat sich der Bahnsteig mit Menschen – Reisenden, Heimkehrern, Flüchtlingen, Ausländern – ganz gefüllt.

Gegen 10 Uhr kommt plötzlich Leben in die Menge der Wartenden. Ein Zug nähert sich langsam. Gottlob haben wir rechtzeitig unser Wagenrad vom Bahngleis heraufgeholt und es zusammen mit der Deichsel wieder an den Wagen montiert. Unsere Hände sind voll von Wagenschmiere, aber was soll's? Es geht weiter!

Der Zug läuft ein und ist bereits ziemlich voll. Die Wartenden stürmen die Abteile. Was für ein Glück: Direkt vor uns hält ein Gepäckwagen mit der breiten Tür. Den Menschen ist es gleich, ob Personenwagen oder Gepäckwagen – nur hineinkommen, egal wie! Sie drängen und schieben sich fast über uns hinweg in den Großraumwaggon.

Wir haben Mühe, mit unserem schweren Handwagen durch die Schiebetür zu kommen, der Waggon ist voll. Von innen wird schon versucht, die Schiebetür zuzuschieben. Unser Handwagen, die schwangere Frau Land, Manfred und Marie werden noch hineingedrückt, und ich hänge draußen. Ich komme nicht mehr rein! Aber wenn ich recht überlege, will ich auch gar nicht rein – diese Enge, die mag ich nicht! Und so rufe ich meinen Leuten zu, daß ich draußen auf dem Trittbrett bleibe – ein Platz, der für Fahrgäste jetzt durchaus üblich ist.

Eine Stimme ruft: „Achtung! Zurückbleiben, zurückbleiben! Der Zug ist überfüllt! Zurückbleiben!" Und schon setzt sich der Zug in Bewegung und verläßt langsam den Bahnsteig.

Mein Platz auf dem Trittbrett ist nicht angenehm; man muß sich gekrümmt am Waggon festklammern. Mein Ranzen zieht mich auch noch nach außen. Ich entschließe mich, solange der Zug noch nicht volle

Fahrt aufgenommen hat, auf das Dach zu klettern. Dort sitzen schon Leute. Also hangele ich mich bis zur Stirnseite des Waggons und setze mich aufs Dach, wie die anderen, möglichst in die Mitte, weil das Dach rund ist. An der Seite könnte man abrutschen.

Als der Zug mit voller Geschwindigkeit fährt, kann ich nicht mehr in Fahrtrichtung sehen, die Augen tränen, und ich wende mich zur Seite. Plötzlich nähern wir uns einer Brücke. Der Zug muß unter durch und da ... ein Aufschrei! Ich sehe, wie einige Leute vom Dach hinab auf die Böschung stürzen. Ich habe gerade noch Zeit, mich zu ducken.

Gottlob, mir ist nichts passiert! Aber jetzt lege ich mich flach auf dem Zugdach hin. Das ist sicherer.

Die Bahnfahrt ist lang. Im 50-Kilometer-Tempo gehen Stunde um Stunde dahin. Wir passieren Jüterbog. Überall neben der Bahnstrecke Kriegsgerät, Geschütze, zerschossene LKWs.

Der Fahrtwind ist quälend. Richtig festhalten kann ich mich auch nicht. Hoffentlich ist das bald zu Ende!

Es muß Nachmittag sein, als der Zug langsamer wird. Ein Bahnbeamter brüllt: „Berliner Ring – Endstation. Endstation! Alles aussteigen!"

Ich bin richtig erleichtert, daß der Zug endlich hält. Lange hätte ich es nicht mehr ausgehalten; ich muß doch so nötig aus der Hose. Ich erledige mein Geschäft auf der anderen Seite des Zuges. Das scheint hier ein kleiner Bahnhof für Bummelzüge zu sein.

Als ich zu den Lands stoße, haben sie bereits ihren Handwagen aus dem Gepäckwagen herausgeholt. Frau Land, tüchtig und vorausschauend, wie sie ist, hat sich informiert: Bis zu der ersten Straßenbahnhaltestelle sind es etwa acht Kilometer. Das ist eine Endhaltestelle. Die Ringbahn verkehrt nicht, weil zwei Kanalbrücken gesprengt sind. Das heißt Fußmarsch mit Wagen wie am Vortag in Wittenberg.

Na, dann mal los!

Es ist ein heißer Tag, das hat man auf dem Dach des Zuges nicht gemerkt. Wir laufen und laufen, ziehen abwechselnd zu zweit den Handwagen. Frau Land in ihrer Leibesfülle läuft hinterher. Ab und zu ruft sie: „Haltet einen Augenblick!" Die Arme muß mal verschnaufen. Der Durst ist die größte Plage. Unsere Flaschen, die wir zu Hause gefüllt hatten, sind längst leer. Also durchhalten!

Nach zwei Stunden – wir hatten uns der Menschenmenge angeschlossen – erreichen wir die gesuchte Endstation der Straßenbahnlinie im Westen Berlins. Als endlich eine Bahn eintrifft, gibt es Probleme mit dem Handwagen.

Die Schaffnerin will ihn nicht mitnehmen. Da platzt Frau Land der Kragen, und sie legt los:

„Wir kommen aus Leipzig, sind seit zwei Tagen unterwegs, sind Hunderte von Kilometern gefahren und gelaufen, und jetzt, wo ich mit meinen Kindern fast am Ziel bin, machen Sie Schwierigkeiten? Haben Sie schon mal was von Zusammenhalt in der Not gehört? Oder haben Sie hier in Berlin keine Not? Erwarten Sie, daß ich im neunten Monat jetzt die Koffer schleppen soll, ohne Handwagen? Wissen Sie, was Schwangerschaft heißt in dieser schrecklichen Zeit? Ich will Ihnen was sagen: Wenn ich jetzt schon mein Kind hätte, würden Sie mich mit einem Kinderwagen mitnehmen müssen, nicht wahr? Also, was soll ich tun, soll ich hier mein Kind gebären, damit Sie mich mitnehmen? Sind Sie Berlinerin? Ich bin eine und komme zurück in meine Heimatstadt, und Sie, Sie machen mir hier schon am Standtrand Schwierigkeiten. Sie können keine Berlinerin sein, Berliner halten zusammen!"

Die Schaffnerin ist sehr verunsichert. Manfred, Marie und ich umringen sie von hinten, und Frau Land bestürmt sie von vorne. Die Schaffnerin: „Ja, aber die Beförderungsbestimmungen ... Ihr Handwagen ist einfach zu groß!"

Da sagt Marie: „Wir können den Wagen verkleinern!"

Die Schaffnerin ist für diesen Vorschlag dankbar und willigt sofort ein. Wir montieren die Räder ab, schieben den Wagen hochkant in den hinteren Wagen des Straßenbahnzuges auf die Plattform und stellen uns dazu, nur Frau Land sucht sich einen Sitzplatz. Die Straßenbahn schaukelt Richtung Zentrum.

Waren an der Endhaltestelle nur einzelne Häuser zerstört, nehmen die Trümmer und Ruinen schnell zu. Ich schaue aus dem Fenster: ein Bild der Verwüstung. Hälften von mehrstöckigen Mietshäusern, oben hängen noch Treppenteile, Badewannen und Einbaumöbel an den geborstenen Wänden. Manche Grundstücke sind reine Trümmerhaufen, oder es stehen nur ausgebrannte Ruinen. Andere Häuser sind ganz notdürftig ausgebessert.

Als wir ins Zentrum kommen, sehen wir kein unbeschädigtes Haus mehr. So müßte es nach einem Erdbeben aussehen, das hat mir meine Mutter erzählt. Hier aber war kein Erdbeben, sondern Bombenhagel. Was für schreckliche Nächte haben die Berliner erlebt!

Marie steht neben mir und sagt: „Was haben wir Deutschen nur getan, daß sie uns so zusammengebombt und gequält haben? Nur Verbrecher, die man abgrundtief haßt, kann man so brutal vernichten. Ob die uns ganz ausrotten wollten?"

Und ich spiele ihr gegenüber den Klügeren und sage mit möglichst überzeugendem Ton: „Weißt du, wir haben angefangen, und wer zuerst anfängt, der hat Schuld – auch an seinem eigenen Unglück!"

Irgendwo in Berlin-Mitte müssen wir umsteigen, um nach Charlottenburg zu kommen. Das dauert: Koffer Rucksäcke, Wagen, Räder – alles raus und dann wieder rein! Aber die Menschen hier sind geduldig.

Der Straßenbahnfahrer wartet, bis wir fertig sind. Neben mir in der Straßenbahn steht eine Frau und beißt herzhaft in einen grünen Apfel, und ich habe so einen Durst. Ich muß sie wohl sehr neidvoll ansehen. Sie faßt in die Tasche und gibt mir einen Apfel. Ich danke und beiße gierig hinein. Dann öffne ich meinen Ranzen und reiche ihr mein letztes Stück Topfenkuchen, das Mutter mir mitgegeben hat.

Sie lächelt und weist ihn dankend zurück. Ich bin darüber sehr froh.

Ich verschlinge mein Stück Kuchen. Es schmeckt zwar nach nichts anderem als nach Backpulver, aber ich habe Hunger, wie immer.

Dann erhebt sich Frau Land von ihrem Sitz und ruft uns zu: „So, wieder fertig machen, an der nächsten Haltestelle müssen wir raus!"

Die Schaffnerin – offenbar wird dieser Beruf hier

nur von Frauen ausgeübt – zieht an einem Leder-riemen. Einmal das Glockenzeichen bedeutet: Stopp an der nächsten Haltestelle.

Wir steigen aus, greifen die Koffer und das übrige Gepäck, montieren den Handwagen zusammen, laden auf und marschieren los.

Ich bin von den Trümmern doch sehr ergriffen. Alles, aber auch alles ist teilweise oder ganz zerstört. Auf manchen Grundstücken sehe ich Frauen, die Ziegelsteine abklopfen und aufstapeln.

Als ich genauer hinsehe, begreife ich, daß sie Baumaterial zum Reparieren ihrer Häuser und Wohnungen zusammensammeln. Die Ziegelsteine müssen erst von dem alten Putz und Mörtel befreit werden, dann kann man sie wiederverwenden. Alles nur Frauen, mir fällt überhaupt auf, daß fast nur Frauen zu sehen sind. Ja warum wohl? denke ich traurig.

Wir ziehen mit unseren Habseligkeiten zwischen den Ruinen hindurch um einige Straßenecken. Dann sagt Frau Land: „Jetzt sind wir gleich da."

Auf einmal bleibt sie mit offenem Mund stehen und faßt sich an den Kopf. Ich sehe in ihrem Gesichtsausdruck das blanke Entsetzen. Wir stehen vor einem villenartigen Haus mit Vorgarten. Es hat an der einen Seite einen Treffer abgekriegt, das Nachbargebäude ist vollständig zerstört und ausgebrannt. Frau Land ruft verzweifelt aus: „Ich glaube, von unserer großen Wohnung sind nur zwei Zimmer übriggeblieben!"

Sie geht durch den ehemals gepflegten Vorgarten ins Haus, wo zwischen Mauerbrocken und Schutt große Hortensienblüten hervordrängen. Ein groteskes Bild, zumal von der Detonation nebenan noch immer Rauchgeruch in der Luft hängt.

Frau Land trommelt eine Hausbewohnerin aus dem ersten Stock heraus, die macht ein ganz erstauntes Gesicht und kommt zu uns runter. Ein Palaver beginnt, dabei kriegen wir mit, daß das Haus erst Anfang April einen Treffer abgekriegt hat. Die Hausbewohnerin berichtet, daß die Bombe neben dem Haus eingeschlagen sei, so daß sie nur den linken Teil des Hauses beschädigt habe. Viele Dachpfannen seien durch die Detonation weggeflogen; das Dach hätten sie schon wieder eingedeckt.

Wir Kinder stehen noch draußen, als Frau Land ihre Wohnung aufschließt. Sie öffnet langsam die Tür zum Schlafzimmer und ... befindet sich plötzlich unter freiem Himmel. Wir hören sie bitterlich weinen.

Marie eilt sofort zu ihrer Mutter, um sie zu trösten. Ja und ich – ich fühle mich hier draußen mit einem Mal so überflüssig und ratlos.

Ich werde nicht mehr gebraucht. Wir sind ja am Ziel, und ich kann Frauen einfach nicht weinen sehen. Ich muß da immer an meine Mutter denken.

Ich sage noch zu Manfred, daß ich mich jetzt zu meinem Onkel nach Neukölln aufmache, und stehle mich ohne Abschied im Laufschritt davon. Frau Land wird mir sicherlich böse sein, aber jetzt hat sie erst einmal genug mit sich selber zu tun.

Ich fahre mit der Straßenbahn zurück und steige auf Anraten einer netten Berlinerin irgendwo in die S-Bahn, dann fahre ich bis Hermannstraße. Dort steige ich aus und frage mich durch. Straßenschilder sind kaum vorhanden. Sie sind zusammen mit den Häusern verschüttet. Das Bild, das sich vor mir ausbreitet, ist gespenstisch. Am Straßenrand liegt ein abgeschossener T34-Panzer; die Spuren des Häuserkampfes sind überall an den verbliebenen Fassaden sichtbar, Einschüsse von MG-Salven und Panzergranaten.

Die von Brandbomben ausgebrannten Ruinen ragen anklagend in den Abendhimmel. Die Menschen huschen – ähnlich wie Kleintiere auf Nahrungssuche, so kommt es mir vor – etwas planlos umher.

Ich erreiche nach mehrmaligem Fragen das Haus meines Onkels. Ich klingele, und als sich bald darauf die Tür öffnet, sehe ich Freude, echte Freude in den Gesichtern meiner Tante und meines Onkels. Plötzlich weiß ich auch, was den Berlinern fehlt: Freude über die Befreiung.

Mein Onkel erklärt mir, daß Berlin jetzt eine Vier-Sektoren-Stadt ist; Amerikaner, Russen, Engländer und Franzosen hätten die deutsche Reichshauptstadt unter sich aufgeteilt. Er schärft mir ein, daß ich aufpassen muß, in welchem Sektor ich mich befinde. Er meint, im sowjetischen Sektor verschwinden Leute auf Nimmerwiedersehen.

Dann berichte ich von meiner Reise nach Berlin über die Elbe. Mein Onkel meint, da müßte es noch eine andere Strecke geben. Er muß es wissen, er ist seit Kriegsbeginn bei der Reichsbahn beschäftigt. Er war unentbehrlich, war auch nicht Soldat.

Er sagt dazu sarkastisch: „Ich habe dafür gesorgt, daß die Räder für den Sieg rollten!"

Diese Parole hatte ich oft gelesen und an sie geglaubt. In diesem Berlin haben wir nicht gesiegt, hier haben wir endgültig verloren! Ich muß wohl ein sehr trauriges Gesicht machen, weil meine Tante mir über den Kopf streichelt.

Die beiden haben keine Kinder, und ich werde, soviel es geht, bemuttert und verwöhnt. Das tut mir so gut. Zu Hause schmust die Mutter meistens nur mit meinem kleinen Bruder und meiner kleinen Schwester. Ich bin ja schon groß – na ja!

Ich bin schrecklich müde. Kein Wunder: die Nacht in Wittenberg, der Fußmarsch in Berlin! Mitten beim Abendessen schlafe ich plötzlich ein und weiß nichts mehr, nichts!

Ich träume, daß mir jemand meinen blonden Schopf streichelt, und als ich die Augen öffne, sitzt meine Tante auf der Bettkante und sagt: „Es ist schon 10 Uhr, du verschläfst den schönen Tag. Ich habe schon ab 5 Uhr drei Stunden nach Brot angestanden. Heute habe ich eines abbekommen, vor mir waren nur 40 Personen in der Schlange . Das Brot ist wunderbar frisch, ich habe dir auch etwas Rübenkraut und Margarine hingestellt, dazu kannst du heißen Hagebuttentee trinken. Milch habe ich keine, wir Erwachsenen bekommen keine Milch. Ich gehe dann auf das Nachbargrundstück zum Steineklopfen."

Ich wasche mich kurz über einer Schüssel und dann ran an das knusprige Brot! Das riecht so gut und knirscht zwischen den Zähnen, welch eine Wonne! Ich habe schon eine Woche kein frisches Brot gesehen.

Was meint die Tante mit „Steineklopfen nebenan"?

Der Onkel ist schon zum Dienst, er trägt eine dunkelblaue Uniform. Noch vor fünf, sechs Monaten trugen alle Männer irgendeine Uniform – braune, graue, grüne, blaue. Nur Krüppel waren Zivilisten, die konnte man nicht gebrauchen. Uniform war Ehrenkleid!

Jetzt tragen die deutschen Männer keine Uniform mehr, nur noch Reichsbahner, aber ohne Reichsadler! Ach ja, die haben so eine Schwinge und in der Mitte ein Rad! Mein Lehrer Mayer hat in einem solchen Zusammenhang öfters gesagt: *„Sic transit gloria mundi"*. Ich hatte bisher kein Latein, was das wohl genau heißt?

Aber das Brot, das schmeckt herrlich! Es bleibt im Brotkörbchen nichts liegen, auch die Krümel esse ich auf. Schnell noch auf die Toilette, und dann laufe ich die Treppe runter zum Nachbargrundstück. Jetzt erst sehe ich, wie stark das Haus von Onkel und Tante zerstört und jetzt notdürftig ausgebessert ist.

Auf einem großen Trümmerfeld arbeiten Frauen mit Kopftüchern und Kittelschürzen. Sie haben einen Hackklotz oder ein Brettgestell vor sich und schlagen mit einem Hammer die alten Ziegelsteine ab. Ein Mann zertrümmert mit einem Vorschlaghammer die großen Trümmerbrocken, und die Frauen holen sich bei ihm die zerkleinerten Brocken ab. Sie teilen die Steine unter sich auf und behauen dann die Ziegel so, daß sie recht sauber wirken. Anschließend legt jede Frau den zurechtgehauenen Stein auf ihren Stapel. Zwischendurch zählen sie ihre Steine.

Meine Tante erblickt mich und ruft mir zu: „Zähl mal durch, das habe ich gestern und heute geschafft!

Wir brauchen die Steine, um die eine Seite wieder hochzuziehen, das Haus darf ja nicht einstürzen!"

13 Steine sind quer in einer Reihe gestapelt, und übereinander zähle ich zehn Reihen. Also rechne ich: 10 mal 13 Steine sind zusammen 130 Steine.

Meine Tante strahlt und meint: „Das gibt zwei Quadratmeter Mauer, nicht schlecht! Wenn jede von uns Frauen 15 Quadratmeter macht, brauchen wir eine Woche! Das schaffen wir. Wieviel haben denn die anderen? Geh und zähl mal drüben, aber möglichst unauffällig!"

Ich stolpere über das Trümmerfeld und zähle mal hier, mal da. Die sechs Frauen haben ungefähr 130 bis 150 Steine geputzt. Sie hauen mit dem Hammer oft daneben, und manche Hand ist schon mit Pflaster beklebt. Eine harte Arbeit! Handschuhe haben nur die wenigsten. Es sind Frauen, die zwar nicht besonders gut mit dem Maurerhammer umgehen können, aber sie geben nicht auf. Es sind tapfere Trümmerfrauen. Sie werden ihre Stützwand fertigkriegen!

Am Nachmittag macht mir die Tante den Vorschlag, mit dem Jungen aus dem Erdgeschoß in die Stadt zu fahren. Sie meint, ich soll mir den Tiergarten und das Brandenburger Tor ansehen. Der Junge, ungefähr in meinem Alter oder älter, werde mich herumführen.

Wir fahren los, einige U- und S-Bahnen verkehren schon wieder reibungslos. Die unterirdischen Strecken sind relativ gut erhalten geblieben. An der Friedrichstraße steigen wir aus und gehen nach oben.

Ich bemerke, daß die Bombenschäden hier noch viel größer sind als in Neukölln und Charlottenburg. Schrecklich! Selbst die Straßen und Bürgersteige sind teilweise noch mit Trümmern übersät. Verborgene Eisenträger ragen aus den Mauern, zerborstene Möbel liegen im Schutt begraben. Fensterhöhlen von Fassadenresten gähnen mir ausgebrannt entgegen und das alles auf der weltberühmten Straße „Unter den Linden", von der ich auch als Kind schwärmerische Berichte angehört habe. Das ist also übriggeblieben! Ich kann es nicht fassen.

Als wir in Richtung Brandenburger Tor schlendern, sehe ich, daß die Sieger, die Sowjets, das Bronzegespann mit der Siegergöttin offenbar als Zielscheibe benutzt und sie zerschossen und durchlöchert haben. Oben weht eine rote Fahne. Das berühmte Tor mit seinen Säulen ist in einem erbarmungswürdigen Zustand, richtig verkommen sieht es aus.

Während wir weitergehen denke ich darüber nach: Das Tor und die Quadriga sind doch nicht von den Nazis erbaut worden. Warum also haben die Sowjets dieses Denkmal absichtlich so zerschossen? Möglicherweise war es Rache oder Siegerlaune. Vielleicht haben wir ihre Denkmäler in der Sowjetunion zuerst ruiniert? „Wie du mir, so ich dir!" „Was ich nicht haben kann, soll der andere auch nicht haben." Das waren die Sprüche der älteren Hitlerjungs.

Ob das so weitergeht, immer weiter? Für Zweifel, ob richtig oder falsch, bleibt keine Zeit.

Ich entdecke rechts hinter dem Tor den Reichstag. Von diesem Gebäude habe ich schon in der Schule gehört. Es ist vor dem Kriege ausgebrannt, die Stahlkonstruktion der Kuppel wirkt wie eine symbolträchtige Eisenkrone aus dem ersten Deutschen Reich, das zweite Deutsche Reich hat sie heil überstanden; aber im glorreichen dritten Deutschen Reich haben wir dieses Reichstagsgebäude selber zerstört.

Sonderbar, was steht da über dem Portal geschrieben? „Dem deutschen Volk", und dieses Gebäude haben wir angezündet? Also haben wir die Volksvertretung abgeschafft. Das heißt doch, daß die Deutschen kein Parlament mehr haben wollten. Wer waren diese Deutschen? Nur die Nationalsozialisten?

Hinter dem Brandenburger Tor steht ein Schild: „Ende des sowjetischen Sektors".

Ich will meinen Begleiter noch was fragen, da sehe ich auf den Treppenstufen der Reichtagsruine viele

Menschen, die herumstehen oder hin- und herlaufen.

Ich frage meinen Begleiter: „Was machen die da?"

Er sagt etwas naseweis: „Na, das ist der Schwarzmarkt. Komm, wir gehen hin!"

Ich frage weiter: „Sag mal, wieso ist der Markt schwarz?"

Er ganz überlegen: „Na, weil das illegal und gesetzwidrig und verboten ist, klar?"

Ich: „Also ausgerechnet auf den Stufen, wo die Gesetze gemacht werden." Auf dieses Wissen – ich habe es aus einem Buch – bin ich besonders stolz.

Er sagt: „Na und? Die Stelle ist sehr zentral, man muß nur aufpassen, daß man nicht in eine Razzia gerät, dann wird man verknackt." Und er fügt hinzu: „Solche Menschenansammlungen sind verboten."

Wir nähern uns der Menschenansammlung, und ich sammle ganz ungewöhnliche Eindrücke:

Die Menschen gehen unauffällig aneinander vorbei und murmeln: „Zigaretten, Zigaretten, Schokolade, Tabak, Neskaffee". Viele tragen Trenchcoats, und wenn einer fragt: „Wieviel haben Sie? Was kosten die?", dann öffnet der Anbieter seinen Mantel und zeigt links und rechts am Innenfutter befestigte Zigarettenstangen. Wieder andere flüstern: „Ami-, Ami-, Ami-Zigaretten – 150! 150!" (gemeint sind 150 Reichsmark).

Ein alter Mann bietet Rollschuhe an. Eine Frau will Lederstiefel für Butter eintauschen; sie ist barfuß. Wenn eine Razzia kommt, zieht sie die Stiefel an.

Wir drücken uns duch die Reihen der Anbieter und Käufer. Sobald die Leute etwas erstanden haben, machen sie sich sehr eilig davon. Ich verstehe das, denn wenn sie erwischt werden, sind sie ihre erworbene Ware los.

Am meisten wird ein Mann umlagert, der eine Handnähmaschine anbietet. Das ist so ein Ding mit einem Handrad, das man auf einen Tisch stellen kann. Ich dränge mich neugierig zwischen die Interessenten. Sie bieten Butter, Eier, Käse. – ihm ist alles nicht recht.

Dann erscheint ein Mann in einer abgewetzten Lederjacke auf der Bildfläche, der wie ein Metzger aussieht. Ohne ein Wort zu sagen, öffnet er seine Jacke und zeigt dem Nähmaschinenmann vier Dauerwürste, die um seinen Hals wie ein Schal hängen. Der mit der Maschine nickt kurz, und der Handel ist perfekt: Der eine nimmt die Würste, wickelt sie in Zeitungspapier, der andere greift sich die Nähmaschine, und beide machen sich in Windeseile davon. Während des ganzen Tauschhandels ist kein einziges Wort gefallen.

Mein neuer Berliner Freund stößt mich an und sagt: „Komm, wir gehen zum Tiergarten rüber. Ich zeige dir was Tolles!"

Wir verlassen den Schwarzmarkt, und ich höre immer noch leise ihre Stimmen: „Kaffee, Tabak, Zigarettenpapier" usw. Das war der erste Ort seit Monaten, an dem mehr Männer als Frauen zu sehen waren.

Wir überqueren die Allee und rennen auf einem Promenadenweg an steinernen Tierskulpturen vorbei, bis wir plötzlich vor Flugzeugtrümmern stehen. Ich staune. So etwas habe ich noch nie gesehen. Ein ganzes Flugzeug, eine Ju52, ist hier, mitten in Berlin, zu Boden gegangen. Mein Freund sagt: „Die ist in den letzten Kriegstagen hier abgeschmiert!" Der redet wie eine Berliner Göre, aber ich habe mich schon an seine „Berliner Schnauze" gewöhnt.

Das dreimotorige Flugzeug ist eine Passagier-version, und wir beginnen sofort, in den Trümmern herumzuklettern, und entdecken dabei die Einschüsse. Natürlich ist die Pilotenkanzel mit den Instrumenten am interessantesten; sie kann man noch recht gut besteigen. Wir sitzen in den Pilotensesseln und bilden uns ein, daß wir beide die Maschine fliegen. Toll! Einfach toll! Ich habe noch nie in einem Flugzeug gesessen, und eine Kanzel habe ich auch noch nie gesehen. Diese vielen Instrumente und Uhren! Wir kriegen nicht genug von der Erkundung und Erforschung dieses silbernen Flugzeugwracks.

Plötzlich fällt mein Blick nach draußen auf drei Holzkreuze. Ich steige aus dem Blech und Schrott heraus und nähere mich den grob gezimmerten Birkenkreuzen. Drei Gräber nebeneinander. Ich begreife, daß es sich um die Gräber der Besatzung handeln muß. Drei Flieger in den letzten Kriegstagen – einfach tot, aus!

Mir geht die Sinnlosigkeit auf, und ich will sofort weg. Mich beschleicht plötzlich so ein beklommenes Gefühl. Mein Freund möchte eigentlich noch bleiben, aber er folgt mir widerwillig.

Während wir weiterlaufen, gehen mir die drei schlichten Gräber mit den Birkenkreuzen nicht aus dem Sinn. Was waren das für Männer? Sie waren bestimmt voller Hoffnung, als sie starteten. Sie wollten sich retten – Berlin war ja eingekesselt. Sie haben es nicht geschafft. Die haben bestimmt nicht mehr an Hitlers Endsieg geglaubt. In diesem verwüsteten Berlin konnten nicht mehr viele an den großen Führer glauben, der sie in den Abgrund geführt hat. Ich denke, daß zum Schluß den meisten Berlinern bewußt war, welchen Lügen sie aufgesessen sind. Hitlers Parole war ja am Ende „Siegen oder sterben!". Hier wurde gestorben.

Aber es gibt, gottlob, auch noch Berliner, die überlebt haben. Berliner, die sich einfach nicht haben unterkriegen lassen. Ich kann das alles nicht mehr sehen, ich ertrage es nicht. Ich will nur noch nach Hause, endlich nach Hause zu Muttern.

Rette sich, wer kann!

Es ist November. Schon seit einem halben Jahr leben wir in Sachsen unter der Sowjetbesatzung. Das Leben ist härter geworden. Wir leiden zunehmend unter der kommunistischen Politik.

Eines Tages stürzt Mutter aufgeregt ins Zimmer: „Die Bande will uns ins Baltikum zurücktransportieren. Eine nette Bekannte von der Stadtverwaltung hat mich gewarnt. Wir müssen sofort heimlich abhauen, rüber in den Westen. Und ihr Kinder haltet bloß die Klappe, keiner darf etwas davon erfahren!"

Sie läuft und packt und organisiert.

Ich passe auf die Geschwister auf. Mein Bruder ist drei, meine Schwester acht und ich zwölf Jahre alt.

Mutter besorgt einen Handwagen und einen zweirädrigen Karren.

Unsere Habseligkeiten bestehen aus etwas Leibwäsche, einer Aktentasche mit Dokumenten, einem

Kinderwagen und dem Notvorrat an Lebensmitteln: Das sind einige Büchsen, wie Ölsardinen und Leberwurst, die wir in den Kriegsjahren mühselig angesammelt haben. Vier Büchsen davon haben zusätzlich zum Normalpreis die beiden Handkarren gekostet. Dadurch ist die kostbare Tasche etwas leichter geworden.

Die beladenen Karren bringen wir einzeln am Nachmittag zu dem Fuhrunternehmen, das uns transportieren will.

Ohne jemandem ein Sterbenswörtchen zu sagen, verlassen wir dann abends in einem günstigen Augenblick das Haus und machen uns unbemerkt über den Hinterhof davon.

Die Flucht in den Westen beginnt.

Auf einem mit einer Plane abgedeckten Lastwagen fahren wir mit weiteren zehn Personen auf Nebenstrecken zunächst die ganze Nacht in Richtung Thüringen. Auf der Ladefläche ist es schrecklich kalt. Es herrscht Nachtfrost.

Wir sitzen aneinandergekauert und haben Angst, angehalten zu werden. Stunden vergehen. Da schreit jemand „*Stoi, Stoi*, Stopp!" Ein Sowjetposten.

Wir halten alle den Atem an, auf der Ladefläche ist absolute Stille. Hoffentlich hebt er nicht die Plane hoch!

Der Posten ist sichtlich betrunken. Unser LKW-Fahrer verhandelt mit ihm, dann flüstert er an der Plane: „Er will Schnaps!"

Mutter haucht zu mir: „Junge, wo ist das Fläschchen mit der Medizin?"

Jetzt begreife ich erst: Sie hat es vor der Abfahrt in der Apotheke ergattert und mir zugesteckt: reiner, 96prozentiger Alkohol. War anscheinend eine Mitnahmebedingung, denn vier solcher Fläschchen kommen jetzt zusammen. Wir erhalten die Erlaubnis weiterzufahren. Welch eine Erleichterung nach dieser Anspannung!

Die Fahrt dauert noch eine halbe Stunde, dann ist endgültig Halt. Wir sind in Heiligenstadt, im Zonenrandgebiet. Alles voll mit Flüchtlingen, die in den Westen wollen.

Wir landen, als der Morgen anbricht, in einem Schulgebäude gegenüber dem Bahnhof. Wir Kinder schlafen auf dem nackten Boden, Mutter wacht über unserem Gepäck.

Dann beginnen die Ausreiseformalitäten. Zehn Formulare und mehr. Schlange stehen, Auskünfte, Befragungen – Qual und Müdigkeit fast drei Tage lang.

Heikle letzte Frage: „Warum wollen Sie in den Westen? Sagen Sie warum, Sie sind doch aus dem Baltikum?"

Mutters rettender Gedanke: „Wir haben in Hannover gewohnt und waren wie alle anderen hier auch vor den Bomben evakuiert!"

„Können Sie das belegen?"

Sie nimmt mir unsere Dokumententasche aus der Hand und beginnt darin zu kramen. Der Vernehmende wird ungeduldig. Er ist ein kleiner Mann mit Glatze und erweckt den Eindruck, daß er sich seiner Macht und Bedeutung an diesem Platz mehr als bewußt ist.

Wenn ein Deutscher eine so wichtige Stellung innehat, muß er wohl Altkommunist sein, denke ich nur.

Er sagt: „Na, was ist nun, Frau?"

Da sagt meine Mutter: „Hier ist eine Anmeldebestätigung von meiner Mutter in Hannover. Dort haben wir bei ihr gewohnt und dort wollen wir wieder hin."

Sie sagt es, ohne zu zögern, ganz selbstsicher. Und ich staune: Der kleine Wichtigtuer schaut nicht auf den Zettel, den Mutter in der Hand hält. Er glaubt ihr. Die anderen Menschen in der Schlange drängeln, und er sagt: „In Ordnung, weiter!"

Wir gehen in die nächste Ecke und Mutter fängt vor Erleichterung an zu weinen. Dann sagt sie: „Ihr habt es ja gemerkt. Alles war gelogen. Wenn er auf den Zettel gesehen hätte, o weh!"

Ich denke, das war also eine echte Notlüge. Denn wirklich lügen darf man ja wohl nicht!

Von Heiligenstadt bis zur britischen Zonengrenze sind es etwa 20 Kilometer. Das ist zu Fuß mit Handwagen und Kinderkarre zu weit.

Die Bahn fährt bis zur Zonengrenze, also besticht Mutter einen Eisenbahner mit zwei Sardinenbüchsen, und wir schleppen unser Gepäck über unzählige Gleise zum Verladen in einen Güterwaggon. Selber wollen wir so schnell wie möglich mit einem Personenzug in Richtung Grenze fahren.

Hunderte von Menschen warten vor dem Bahnhof in Heiligenstadt auf einen Zug in diese Richtung. Alle fragen: „Geht dieser Zug in Richtung Westen?"

Keiner weiß es. Züge fahren, wie es scheint, völlig willkürlich.

Wir stellen uns ebenfalls in der Menge an. Neben dem Bahnhofsgebäude riegelt ein Holzzaun den Zutritt zu den Bahnsteigen ab. Dort drängeln sich die Flüchtlinge, das Bahnhofsgebäude wird frei gehalten.

Jedesmal, wenn ein Zug in den Bahnhof einfährt, beginnt ein Gedränge und Geschiebe auf die Pforte im Zaun zu. Die Wartenden vergessen ihre Mitmenschen, jeder ist sich selbst der nächste. Brutale Rücksichtslosigkeit und Aggression beherrschen die Szene.

Die Meute zerdrückt fast meinen Bruder im Kinderwagen, Mutter kämpft in dem Gewühl wie eine Löwin.

Von einem Bahnaufseher verlangt sie, mit dem Kleinkind vor die Absperrung gelassen zu werden. Dieser willigt nur widerwillig ein. Aber Mutter drängt sich mit der Kinderkarre und meiner Schwester an der Hand durch die Pforte.

Ich bleibe in der Menge eingekeilt hinter dem Zaun zurück. Ich bin von Mutter getrennt. Wenn jetzt ein Zug in Richtung Westen kommt, werde ich Mutter und Geschwister verlieren. Was tun?

Der Lautsprecher kündigt in schepperndem Ton einen Zug in die Gegenrichtung an.

Da habe ich eine Eingebung. Ich verlasse das Gedränge, betrete das Bahnhofsgebäude, gehe zum Fahrkartenschalter, öffne meinen Brustbeutel mit dem Notgeld und denke: Jetzt ganz selbstsicher sein wie Mutter – eine Notlüge! Und ich verlange eine Fahrkarte zurück nach Leipzig.

Ohne Eile, mit gespielter Gelassenheit passiere ich die Fahrkartensperre, stehe auf Gleis eins und lasse den Zug abfahren. Dann renne ich auf das Gegengleis, weit nach hinten, um nicht erwischt zu werden.

In diesem Augenblick läuft der Gegenzug ein. Er kann nur in Richtung Westen fahren, und da sehe ich schon, wie die Absperrung an dem Bahnhofszaun bricht. Die Flüchtlinge überrennen alles.

Der Zug ist schon voll.

Ich sehe Mutter und Schwester mit dem Kinderwagen auch auf den Zug zulaufen. Die Flüchtlinge besetzen Dächer und Trittbretter. Ich finde nirgendwo anders Platz als auf einem Waggonpuffer. Dort hänge ich wie ein Affe. Ich habe nur eine entsetzliche Sorge: Hoffentlich ist Mutter mit den Geschwistern mitgekommen.

Der Zug ist völlig überladen, er quält sich im 20-Stundenkilometer-Tempo in Richtung Zonengrenze. Eine Stunde vergeht mit Ängsten und Bangen. Ich merke gar nicht, daß ich vom Lokomotivrauch ganz schwarz werde; die Hose ist voller Schmierfett, die Hände rot vor Kälte. Ich fühle mich sehr allein.

Ich muß Mutter wiederfinde! So hämmert es laufend in meinem Kopf.

Der Zug hält: „Endstation, Endstation!"

Wieder Menschengewühl. Ich renne gegen den Menschenstrom – wo ist Mutter? Hoffentlich finde ich sie, wo ist sie, Herr Gott!

Die Angst treibt mich an.

Da, da sehe ich sie, meine Leute. Es gibt eine sehr herzliche Umarmung. Ich frage Mutter: „Wie bist du nur mit den beiden und dem Kinderwagen mitgekommen?" Und sie sagt: „Ich habe die Kinder dort einfach in diesen Gepäckwagen hineingereicht und bin auf den fahrenden Zug aufgesprungen. Leute haben mir geholfen. Es gibt doch noch gute Menschen! Ich bin so glücklich wie schon lange nicht mehr. Der Herrgott, so denke ich, meint es gut mit uns.

Gleich darauf empfangen wir an der Güterabfertigung unsere Handkarren und ziehen in einer Schlange von Flüchtlingen auf einer kilometerlangen Straße bergauf zum sowjetisch-britischen Übergang.

Ein mühsamer Weg mit Halt und Weiterfahrt und erneutem Halt. Mutter spornt uns laufend an: „Tapfer sein, klar?" – ein Wort auch für die nächsten Tage.

Und ich stapfe den Berg hinauf mit dem Reim pro Schritt: *Tapfer sein ist richtig, tapfer sein ist wichtig!*

Dann plötzlich läuft eine Nachricht durch die Schlange: „Heute ist der Übergang schon geschlossen. Die Sowjets lassen keinen durch. Reine Schikane! Sie sagen: ‚Morgen'".

Und wir Müden, Armen kehren um, zurück bis ins nächste Dorf. Wir übernachten im Freien. Es schneit, der Schnee näßt. Wir hüllen uns in eine Plane vom Handkarren ein. Die Handkarren stehen etwas abseits und müssen bewacht werden.

Ein Rad hat sich festgefressen und muß mit bloßen

Händen, ohne Werkzeug, wieder drehbar gemacht werden. Mit einem Stein anstelle eines Hammers gelingt es.

Bei der Bewachung unseres Gepäcks wechseln wir uns ab. Mutter wacht dreimal so lange. Zwischendurch sagt sie: „Ich glaube, deine kleine Schwester hat heute Geburtstag!"

Ich schlafe vor Erschöpfung im Sitzen ein.

Als der Tag graut, ist uns die Kälte durch alle Kleider gedrungen. Wir stampfen und trampeln, um etwas Wärme zu verspüren.

Mutter verteilt harte, knochentrockene Brotkanten, die müssen langen! Unser Notvorrat besteht nur noch aus vier Dosen.

Und sie sagt: „Jetzt müssen wir durchhalten und tapfer sein. Kinder, Tapferkeit gibt Kraft!"

Und so ziehen wir die Karren durch den Schneematsch und reihen uns in die lange Schlange der Westwärtsziehenden wieder ein. Mutter zieht den vierrädrigen, ich den zweirädrigen Karren und meine Schwester den Kinderwagen mit meinem Bruder. Wieder den langen, kahlen Hügel hinauf.

Die Arme werden lang, aber das fällt nicht so ins Gewicht – die Angst vor Kontrolle ist stärker. Im Schrittempo nähern wir uns dem Sowjetposten.

Hoffentlich verlangt er nicht die Ausreisepapiere, sonst wird er Fragen stellen und uns aus der Schlange rauswinken: Balten nach dem Westen und nicht nach Osten?

Schweißgebadet – obwohl nur 5 Grad plus herrschen – kommen wir in der Schlange an ihm vorbei. Auch er friert und winkt uns durch: *„Dawai, dawai!"*

Welch ein Glücksgefühl! Wir blicken bergab in den Westen. Geschafft!

Mutter sagt: „Vor uns liegt die Freiheit."

Ich: „Was meinst du mit Freiheit?"

Sie: „Freiheit heißt: Ohne Angst leben."

Etwas später denke ich, wir wären auch ohne die Formulare und Papiere aus Heiligenstadt rübergekommen. Also ist unsere Mutter zu vorsichtig oder zu korrekt oder zu klug?

Mutter meint, nachdem sie sich den Schweiß aus der Stirn gewischt hat: „Jetzt müssen wir bergab nach Friedland. Jetzt wird's nicht mehr so schlimm."

Weit gefehlt: Wir ziehen bergauf und bergab, ein Golgathaweg. Der Schnee behindert die Sicht. Wo sind denn die vielen anderen Flüchtlinge geblieben? Haben wir uns verlaufen?

Wir sind ja allein auf der Straße. Hätten wir die andere Abzweigung nehmen sollen?

Mutter vorne, ich mit meinem Karren in der Mitte, und meine Schwester mit meinem Bruder hinten – immer die Straße rauf und runter. Es nimmt kein Ende.

Wir schleppen uns dahin, die Kräfte erlahmen.

Mutters Zuspruch: „Tapfer sein!" hilft auch nicht mehr. Als ich meinen Karren etwas versteuere, kippt er in den Graben. Ich bin verzweifelt. Ich kann nicht mehr! Ich fange an zu weinen.

Mutter läßt ihren Wagen stehen, hastet zu mir, hilft mir wieder aufladen, wir ziehen den Karren gemeinsam auf den Hügel, dann in geradezu überschlagenem Einsatz hilft sie meiner Schwester – mal oben mal unten. Unermüdlich!

Schweißgebadet, mit Tränen in den Augen: Gleich, gleich haben wir es hinter uns!

Endlich fischt uns ein britischer Lastwagen auf, helfen Hände . Wir klettern hinauf. Es – ist – geschafft!

Irgendwo höre ich eine Glocke läuten. Sonderbar, zum ersten Mal seit Jahren! Sind wir in einem anderen Land?

Dort, wo wir ausgeladen wurden, steht heute in Friedland ein Ehrenmal für die Toten.

Wir aber haben überlebt. –

Berlin
Potsdam
Jüterbog
Elbe
Wittenberg
Göttingen
Friedland
Halle
Mulde
Torgau
Heiligenstadt
KASSEL
Leipzig
Wurzen
Dresden
Hessen
Thüringen
Sachsen
Erfurt

.... Reise nach Berlin
← ← ← ← Fluchtweg in den Westen
—·—·—·— Zonengrenze Britisch–Sowetisch